행성B 산문 시리즈 쓰는 존재

오늘의 인생 날씨, 차차 맑음

이의진 지음

행성B

차 례

수요일 종일 비

목요일 미세먼지 없이 맑음

금요일 흐렸다 차차 맑음

저자의 말

태풍의 다음 날씨는 '차차 맑음'

태풍 '솔릭'이 올라오고 있다고 했다. 어느 태풍보다 강력하다는 예보에 휴교하는 곳도 있었지만 우리 학교는 방과후수업, 야간자율학습까지 평소처럼 다 하기로 했다.

밖을 내다보니 사위가 고요했다. 아직은 바람이 없다. 습기를 잔뜩 머금은 공기는 콘크리트 벽에 축축하게 배어들다가 어느새 바닥을 적시고 있었다. 급기야 내 발을 타고 올라와 심장마저 물로 가득 채워 출렁이게 할 것만 같았다.

늦은 오후 교무실로 들어서다가 다시 창밖으로 귀를 기울였다. 고요하다. 죽은 자의 넋처럼 음산하게 죄어 들어오는 태풍의 움직임에, 남녘 먼 섬에선 발이 묶여 버린 사람들이 있다고 했다. 나 역시 업무에 몸이 묶여 후덥지근한 콘크리트 건물에 갇힌 하루였다.

자리에 앉아 눈을 감고 꿀렁꿀렁 무언가가 차오르는, 내 안의 우물을 들여다보는데, 스물다섯의 내가 말을 걸어왔다.

'지금은 태풍 전이라 고요하잖아. 하지만 곧 돌풍이 몰아치겠지. 운 나쁜 나무들은 두 동강이 난 채 길바닥에 나뒹굴게 될 거야. 간판은 떨어지고, 우산은 뒤집어져서 날아가고 말이야. 이십몇 년 전 기억나? 대학원에 합격하고도 등록금이 없어서 진학을 포기하기로 했던 그날? 추운 겨울날 버스 정류장 긴 의자에 앉아 두 뺨이 얼어 터지는 것도 모른 채 오래 울었잖아. 그때 만약 앞으로 펼쳐질 이십몇 년의 삶을 내가 예보했어도 넌 응, 하고 받아들이고 계속 살아갔을까? 결코 네가 원하는 공부는 할 수 없고, 서울에 집 한 채 마련하지 못해 열세 번 이사를 하면서 유랑민처럼 떠돌고, 지금처럼 여전히 일에 치여 계속 헉헉대며 살 거라고 미리 일러 줬더라도 말이야?'

마흔아홉의 나는 곰곰이 생각한 후 대답했다.

'아니, 싫다고 했을 거야. 분명히 싫다고, 거절했을 거야.'

이십대의 나는 결혼을 원하지 않았다. 아이를 낳을 생각도 없었다. 공부를 더 하고 싶었다. 대학원에 가서 원하는 공부를 하고, 꿈꾸던 이상을 실현하고 싶었다. 하지만 가난 때문에 어쩔 수 없이 진학을 포기하고 회사에 들어갔다. 그 시절 새벽녘 잠에서 깨면 차디찬 옥탑방 시멘트 벽에 머리를 처박으면서 소리 죽여 울었다. 가끔 그 울음은 입술을 비집고 나와 좁고 추운 옥탑방 공기를 가르며 균열을 내곤 했다.

꿈을 시궁창에 흘려보내고, 이른 결혼을 했다. 연년생으로 아이 둘을 낳았고, 매일 일흔 개가 넘는 천 기저귀를 빨아 가며 종종 교정교열 아르바이트도 했다. 과외로 번 돈으로 대학원에 다녔고, 임용고사를 준비했다. 그 기간엔 결혼하지 않은 시누이도 함께 살았다. 아침부터 밤까지 돈을 벌었고, 그 돈을 절약해 시댁, 친정 양가에 꽤 큰돈을 생활비로 보냈다. 간절히 원했던 공부만 빼고, 원한 적 없던 나머지 것은 원 없이 다 하고 살았다.

인생이란 그런 것 같다. 폭풍우가 몰려온다는 일기예보를 들었다고 해서 안전한 집에만 머무를 수 있는 건 아니다. 광인의 풀어 헤쳐진 머리카락처럼 감겨드는 바람을 맞으며 부러진 우산대를 이어 잡고서라도 가야 할 길을 가는 것이 인생 아닐까.

그런데 기이하고, 신기한 일이다. 분명 스물다섯의 내가 바라던 삶과는 전혀 다른 길을 걸어왔는데도 원하지 않았던 이 삶이 더 자연스럽고 당연한 것이 되었다. 이런 삶을 사랑하게 되었고, 이제는 온전히 내 것이라 여기게 되었다. 더 맑고 화창할 때 따뜻하고 멋진 코트를 차려입고 길을 나섰더라면, 그리하여 더 탄탄하고 잘 다져진 길을 걸었더라면 몰랐을 것들을 겪었는데도. 2, 30대의 내 삶은 마치 《폭풍의 언덕》에서 히드클리프가 연인 캐서린을 찾아 미쳐 날뛰며 목 놓아 울 때의 그 울음과 닮았다고 생각한 적이 있다. 처절하고 절박하며 광기조차 서린. 그런데 사십대 끝자락에 이르러서야 겨우겨우, 그날그날, 눈앞의 하루하루를 견디며 만들어 내는 '내 삶'이 마음에 들기 시작했다.

그래서 이전의 말을 정정했다.

'다시 내게 묻는다면, 나는 그러겠다고 대답할 거야. 죽기 전까지 이런 방식으로 살아가도 제법 괜찮을 것 같다고 말이야.'

이렇게 나는 많은 시간이 흐르고서야 비로소 내 삶과 화해했다. 솔릭이 막 착륙하기 직전, 바람 한 점 없이 고요한 태풍의 눈 한가운데에서.

늙어 간다는 건 '인생'이 천국과는 잠깐 손을 잡았다 놓고, 지옥하고는 오랫동안 손을 맞잡고 악수하는 것임을 알게 되는 과정이다. 하지만 태풍이 지나가고 나면, 하늘은 맑고 투명해지며, 비록 잠깐일지라도 폐는 깨끗한 공기로 차오르리라. 적어도 태풍 이후의 날씨가 '차차 맑음'이란 것은 분명하다.

월요일 맑았다 차차 흐림

20년째 너를 위해

어린 시절 우리 집은 열 명이 북적거리는 대가족이었다.

아이들만 오 남매였는데, 위로 셋은 한 치 빈틈없는 연년생이었다. 맏이인 나와 바로 밑의 동생이 11개월 22일 차이였고, 둘째와 셋째는 15개월 차이였으니 우리 세 명은 앞서거니 뒤서거니 자란 셈이다.

숨 돌릴 틈 없이 연년생으로 딸 셋을 낳으신 부모님은 아들을 낳기 위해 잠시 숨을 고르신 듯하다. 5년의 터울을 두고 신중하게 다시 자식을 보셨는데, 이번에도 딸이었다. 기대에 어긋났으니 그만 낳아도 되었으련만 그건 11대 종손이자 종부인 두 분 마음대로 할 수 있는 일이 아니었다. 집안에는 두 어른이 버티고 계셨다. 할머니와 증조할머니. 대대로 남자들 명(命)이 짧은 집안이었다. 이 때문에 두 분은 대를 이을 사내자식을 낳는다는 것이 절체절명의 명제임을 단 하루도 거르지 않고 읊조리셨다. 그 명제에 반론을 제기할 명분이 없는 부모님은 온갖 비방(秘方)을 묻고 다니며 다시 자식을 보셨다. 그리고 마침내 다섯 번째이자 마지막으로 아들이 태어났다.

맞다. 오 남매에 할머니 두 분, 그리고 유난히 시집을 늦게 간 고모까지 방 세 칸인, 비좁은 한옥 집에서 대식구가 늘 북적거리면서 살았다. 자신만의 공간이란 저 멀리 마법의 나라 오즈에나 있을 법한 얘기였다. 자기 방은커녕 단 한번이라도 혼자 집에 남겨져 적막하거나 고즈넉한 분위기에 젖을 기회도 꿈꾸기 어려웠다. 항상 집에는 누군가가 남아 있었다. 가족이 많다 보니 나간 사람이 많아도 남아 있는 숫자 역시 만만치 않았다. 당연히 우리 집은 늘 시끄럽고 왁자하고 정신이 없었다. 아무리 큰 소리로 말해도 다른 누군가가 같이 떠들고 있어 목소리가 쉽게 묻히는 집. 지금 떠오르는 어린 시절 집 풍경이다.

그러나 그 시절을 떠올렸을 때 가장 강렬하게 남아 있는 기억은 모두 '먹을 것'과 관련된 기억이다. 식구가 열 명이나 되니 집에는 먹을 것이 늘 부족했다. 지금도 기억나는 엄마 모습은 거의 종일 부엌에서 분주하게 일하시던 것과 엄청나게 큰 장바구니를 양손에 들고 힘겹게 시장에서 돌아오시던 모습이다. 매일 그렇게 장을 봐 와도 엄마는 다음 날이면 또 시장에 가야 했다.

그뿐인가. 엄마는 두 분 어른과 한창 자라는 다섯 아이를 위해 중간중간 새참도 만드셔야만 했다.

과일, 과자 같은 먹거리는 너무 헤퍼 제비 새끼들처럼 벌리고 있는 입들을 충분히 채워 줄 수 없었다. 그렇다 보니 엄마는 늘 감자를 찌거나 고구마를 튀겼다. 부추나 호박, 김치를 송송 썰어 넣고 부침개를 부치거나 베이킹 소다나 이스트를 넣어 반죽한, 콩을 듬성듬성 박아 넣은 빵을 쪄 내곤 했다. 이 먹거리들이 예쁜 그릇에 담겨 나오길 기대하는 건 언감생심이었다. 대개의 음식은 큰 양은그릇에 숟가락들이 꽂힌 상태로 내어졌기 때문이다. 감자를 찐 날엔 그릇에 김이 모락모락 나는 감자들을 쏟아 으깬 뒤 설탕을 휘휘 뿌려 내놓은 식이었다. 그러면 온 식구가 흡사 흡혈귀처럼 달려들어 몇 분 만에 먹어 치우곤 했다. 피라냐 떼라도 휩쓸고 간 것처럼 그 자리엔 고물 하나 남아 있지 않았다.

이런 광경이 뇌리에 깊이 박혀 있어 지금도 나는 영화 〈8월의 크리스마스〉에서 다림의 대사를 잊을 수가 없다. 아이스크림을 깨작깨작 먹는 정원을 보며 다림은 말한다.

"아저씨, 아이스크림 안 좋아해요? 아저씨 외아들이죠? 형제가 많은 집에서 자란 사람은 먹는 거 보면 바로 알아요. 우리 집은 아이스크림 하나 먹으려면 전쟁을 해야 했거든요. 나하고 막내동생은 늘 죽자 사자 해야 겨우 얻어먹었어요. 우리 엄마는 뭐 한다고 그렇게 많이 낳았나 몰라. (숟가락으로 아이스크림에 선을 긋는다) 잘 봐요, 이렇게 똑같이 나누는 것부터 싸움의 시작이에요. 좀 편하게 바라보면서 먹은 적이 없어요. 오빠들은 후다닥 먹어 치우고 내 걸 빼앗아 먹으려고 난리를 치죠. 지겨워. 숟가락 드는 것부터 달라요. 봐요, 이렇게, 그러니까 예쁘게 드는 게 아니라 그대로 꽂을 수 있게 들어요."

명대사다. 우리 집도 그랬다. 어쩌다 아버지가 어마어마한 크기의 아이스크림을 사 오기라도 하면 그때부터 난리가 났다. 예쁜 티스푼을 들고 아이스크림을 퍼먹겠다고 달려드는 모지리는 단 한 명도 없었다. 모두 커다란 밥숟가락을 들고 달려들었다. 당장 삽질할 기세로 말이다.

어릴 적 나는 입이 짧았고 어지간한 건 잘 먹지 못했다. 고기나 생선은 누린내나 비린내가 난다고 안 먹었고, 계란도 특유의 비릿함 때문에 고개를 내저었다. 너무 딱딱한 건 딱딱하다고 또 안 먹었다. 입을 크게 벌려야 하는 과일도 즐기지 않았다. 사과나 배를 큼직하게 깎아 주면 고개를 돌렸다. 당연히 얻어먹는 게 더 어려울 수밖에 없었다. 먹을 거라면 만사 제쳐 놓고 달려드는 가족들이다 보니 내가 좋아하는 먹거리가 생겨도 누구 하나 챙겨 주는 분위기가 아녔다. 잠깐 한눈이라도 팔라치면 그 사이에 다 먹고 치운 흔적만 남는 경우가 부지기수였다. 어떤 날엔 밤 껍질이 남았고, 어느 날엔 딸기 꼭지, 또 다른 날엔 귤이나 홍시 껍질이 흔적으로 남아 있었다. 밤, 딸기, 귤, 홍시는 밥은 굶어도 이건 꼭 먹겠다고 할 만큼 내가 좋아하는 것들이었다. 아이는 슬플 수밖에 없었다. 못 먹은 것보다 더 서러운 건 '나'만 못 먹었다는 사실이었다.

그래서 어린 시절 첫 번째 바람이 먹고 싶은 걸 먹고 싶을 때 먹는 거였다. 무엇보다 예쁜 그릇에 담아서 천천히 음미하면서 말이다. 좀 더 나이가 들어서는 하루 세 끼를 제대로 챙겨 먹는 게 두 번째 바람이 되었다.

대학에 들어간 이래 부모님께 손을 벌린 적이 없다. 학비와 용돈을 전부 벌어 썼다. 도리어 번 돈의 일부를 가계에 종종 보태는 경우가 생겼다.

아르바이트 일정은 항상 빡빡했다. 그리고 주머니는 늘 비어 있었다. 궁핍을 견디기 위해 제일 먼저 줄인 건 식비였다. 학교든 아르바이트할 곳이든 가려면 이동을 해야 하니 차비를 줄일 수는 없었다. 공부하는 학생이니 책을 안 살 수도 없었다. 결국 줄일 수 있는 식비뿐이었다. 하루 세 끼 먹을 걸 두 끼로 줄이거나, 아니면 아침밥만 먹고 종일 버티었다가 저녁에 집으로 돌아와 밥을 먹는 것이 돈을 아낄 수 있는 유일한 방법이었다. 참, 버스나 전철로 대여섯 정거장 되는 거리는 그냥 걷는 것도 돈을 아끼는 좋은 방법이기는 했다.

아르바이트가 끝나고 허기진 채로 4, 50분 걸어 집으로 가다 보면 머릿속은 온통 맛있는 음식으로 가득 찼다. 갓 지은 쌀밥, 적당히 간이 밴 간간한 갈치구이, 막 버무린 겉절이, 들기름에 부드럽게 구워 낸 두부, 새우젓으로 간을 한 애호박볶음, 청양고추를 송송 썰어 넣고 팽이버섯과 양파를 넣어 끓인 된장찌개…. 뜨끈한 밥에 겉절이를 먹기 좋게 손으로 죽죽 찢어 올린 다음 입에 넣고, 뒤이어 된장찌개까지 한술 떠먹으면 뱃가죽이 등에 달라붙은 채 터덕터덕 걸어가는 고난의 행군이 보상받을 수 있을 것만 같았다.

하지만 막상 집에 와 허겁지겁 냉장고 문을 열어 보면 먹을 거라곤 아무것도 남아 있지 않았다. 그 시간까지 나를 위해 기다려 줄 음식은 없었다. 텅 빈 냉장고 안을 볼 때면 허기로 휑한 마음속에 뜨거운 것이 차오르곤 했다. 이불을 뒤집어쓰고 울다 잠이 든 날도 있다.

'행복 이미지'라는 말을 들은 적이 있다. '행복'이라는 단어를 머릿속에 떠올리면 함께 떠오르는 이미지가 있다는 것이다. 어떤 사람은 사랑하는 사람과 다정하게 끌어안고 있는 자신을 떠올리고, 어떤 사람은 멋지게 차려입고 친한 지인들과 우아하게 저녁 식사를 하며 깔깔대고 담소를 즐기는 장면을 그릴 수도 있다. 누구는 승진돼 사람들의 박수갈채를 받으며 단상에 오르는 장면을 떠올릴 수도 있고, 혹자는 유명인이 되어 무대에서 조명을 받고 있는 자신을 상상할 수도 있다.

나의 '행복 이미지'는 맛있는 음식들이 우아하고 다채로운 예쁜 그릇에 담겨 차려진 식탁에서 가족들과 여유롭고 편안하게 천천히 식사하는 풍경이다. 이것을 행복과 연결하게 된 것은 아마도 앞서 말한 사정과 무관하지 않을 것이다.

지금도 나는 하루 세 끼 식사에 집착한다. 국과 찌개, 서너 가지의 반찬이 예쁜 식기에 정갈하게 담겨 있는 아침 식탁을 이십 년째 고집하고 있다. 이를 위해 매일 밤 12시 가까이까지 재료를 다듬고 새벽 5시가 좀 넘으면 일어나서 밥을 짓는다. 피곤하고 지칠 때도 있지만 아직까진 괜찮다.

혼자 먹을 때도 대충 먹지 않는다. 토스트 하나만 먹든 샐러드만 만들어 먹든 차림에 심혈을 기울이는 건 여전하다. 가장 예쁜 식기를 꺼내 보기 좋게 담는다. 그리고 그것들을 반듯하게 차려 놓는다. 유명한 인스타그램 사진과 비교해도 전혀 꿀릴 게 없을 정도다.

그러다 문득 스스로에게 되묻는다. 왜 이렇게까지 고집을 부리는 걸까. 이 고집 때문에 설거지거리만 많아지고 더욱이 설거지는 온전히 내 몫이지 않은가. 어쩌면 아직도 그 시절의 허기와 결핍에서 자유로워지지 못해서는 아닐까.

하지만 그러면 좀 어떤가. 거대한 욕망을 실현하거나 위대한 업적을 남기는 것만이 가치 있는 삶이 아니라면, 오히려 하루하루 일상의 지리멸렬함을 견뎌 내고 소소한 것들에서 텅 빈 마음을 채워 가는 것이 삶이라면, 내 머릿속의 '행복 이미지'를 일상에서 되도록 자주 구현하는 게 결국은 행복해지는 길이지 않을까.

나는 오늘도, 먹고 싶은 걸 먹고 싶을 때 먹고, 하루 세 끼를 천천히 먹고 싶었던 그 '어린 계집아이'를 위해 눈물겨운 밥상을 차린다.

사교육 도전기

여덟 살 때까지 신흥사라는 절이 있던 산 아래 동네에서 살았다. 서울 변두리 어느 동네로 이사하기 전까지 살았으니 내게 고향이라 하면 그 산동네가 떠오른다. 그 동네는 요즘 말로 하면 빈부 차가 심한 곳이었다. 길 하나를 사이에 두고 저쪽은 부자 동네, 이쪽은 달동네였다. 부자 동네에선 잘 가꾸어진 넓은 정원을 가진 이층집들이 위용을 뽐내고 있었다. 그 맞은편엔 위로 갈수록 더 좁아지는 돌계단을 따라 다닥다닥 붙은 작은 집들이 층층을 이루었고 말이다. 나는 여기서 살았다. 그래도 우리 집은 달동네 초입에 자리 잡은, 쓰러질 듯 낡았지만 나름 기와집이었다. 최소한 그 동네에서는 제법 잘사는 축에 들어갔다는 얘기다. 그래선지 가끔 동네 아주머니들과 엄마가 동네 세금(?)을 놓고 악다구니를 써 대는 소리가 울려 퍼지곤 했다. 함석집이나 판잣집이 아닌 유일한 기와집이니 뭘 더 내야 하지 않느냐는 동네 아주머니들의 요구와 그런 게 어디 있느냐는 엄마의 항의였을 것이다.

쓰레기차처럼 큰 차는 동네의 좁고 비탈진 골목길을 들어올 수가 없었다. 환경미화원들은 늘 큰 도로에 차를 세워 놓고는 빨리빨리 집에 있는 쓰레기를 가지고 나오라며 악을 써댔다. 그러면 사람들은 행여 차를 놓칠세라 미리 묶어 놓은 쓰레기봉투를 양손에 들고는 미친 사람들처럼 각자의 집 대문에서 튕겨져 나왔다. 환경미화원들은 차에서 내리지도 않은 채 왜 미리미리 나와 있지 않느냐, 빨리 뛰어라 등 욕을 섞어가며 고함을 치기 일쑤였다. 물론 엄마들도 지지 않았다. 욕엔 욕으로 맞받아쳤다. 언제나 사이좋게 욕을 주고받았다.

교육을 많이 받았고 자존심이 강했던 엄마는 이런 상황에 머리를 흔들었다. 어서 여기를 떠나야 해. 저치들은 바로 옆 부자 동네에 가면 그렇게 친절하게 말을 한다는구나. 이상해. 같은 처지에 있는 사람들이 우리를 더 무시해.

'똥차'도 큰 도로에 차를 세울 수밖에 없었다. 지금으로 치면 정화조 청소부인 아저씨들을 풀어놓고 기다리는 그 커다란 차는 짐짓 거만해 보이기까지 했다. 아저씨들이 어깨에 커다란 통을 메고 각 집으로 흩어지는 걸 보고 있노라면, 흡사 똥차가 배불뚝이 지주 같아 보였다. 일하는 사람들을 거드름

피우면서 감시하는 그런 지주. 아저씨들이 반나절 동안 동네를 휘젓고 다니다 돌아가면 그 좁고 비탈진 골목에서는 남은 하루 내내 똥 냄새가 그윽했다. 흡사 구렁이가 천천히 구불거리며 기어 돌아다니듯이 동네 전체가 똥 냄새에 잠식당하는 것이다.

이렇듯 부촌과 빈촌으로 딱 나누어져 사이좋게(?) 각자의 구역을 침범하지 않는 동네였지만, 아이들만은 항용 그렇듯 아무 생각 없이 뒤섞였고 어울려 놀았다. 딱지치기, 땅따먹기, 구슬치기, 말뚝박기, 다방구, 무궁화 꽃이 피었습니다까지 부자 동네 아이들과 지지리도 가난한 동네 아이들은 매일 해가 뉘엿거리다 산 저편으로 꼴딱 사라질 때까지 같이 놀고 쌈박질을 했다. 종국엔 악을 쓰며 부르러 온 엄마 손에 등짝을 한 대씩 맞고는 각자의 집으로 끌려 들어갔다. 그럴 때 가끔, 물론 아주 가끔 "엄마가 저런 더러운 애들하고는 놀지 말랬지? 응? 재네들 산동네 애들이란 말야"라는 새된 목소리를 들을 때도 있었지만, 그리 자주 있는 일은 아니었다.

아이들은 어른들과 달랐다. 한 아이가 부자 동네에 산다면 "우와~~~ 너희 진짜 부자다~ 이층집이지?" 하고 잠깐 감탄하다 곧바로 놀이에 빠져들었다. 금방 까먹었다. 아이들에게는 상대의 딱지와 구슬을 많이 따먹는 게 더 중요했기 때문이다. 내 경우 딱 한번 이층집에 산다는 아이 집에 놀러 간 적이 있는데 그 집에 대한 기억은 전혀 없다. 내게도 딱지와 구슬이 더 중요했던 것 같다.

그런데 일곱 살 무렵, 그 빈부 격차라는 게 드디어 피부에 와닿는 사건이 생겼다. 동네 아이 대부분이 느닷없이 사라진 것이다. 어제 아침만 해도 튀어나와 산으로 공터로 오가며 땅따먹기에 쌈박질에 여념이 없던 친구들이 한순간 깡그리 사라져 버렸다. 몇 안 남은 아이들은 아무래도 흥이 나질 않았다. 다방구를 하기에도, 무궁화 꽃이 피었습니다를 하기에도 머릿수가 모자랐다. 그런데 점심을 먹고 나니 사라졌던 아이들이 하나둘 나타나기 시작했다. 공터로 나온 한 친구를 붙잡고 물었다.

"너, 요즘 왜 아침에 안 놀아?"

친구가 어깨에 힘을 주며 말했다.

"응, 나 요즘 유치원 다녀!"

유치원? 유치원이라니? 난 들어 본 적도 없었다. 뭔 소리지?

"유치원이 뭐야?"

"응, 노래도 배우고 한글도 배우고 그러는 곳이야."

"그건 학교잖아."

"학교하고는 달라. 학교 가기 전에 배우는 곳이래."

당최 뭔 소리란 말인가. 나는 다섯 살 때 혼자 한글을 깨쳤다. 여기저기 떠돌아다니는 글자를 하나씩 외우면서 떠듬거리다 어느 순간 돈오(頓悟)의 순간이 와서 한글을 다 읽을 수 있게 되었다. 진짜다! 집 안에 어른이 여럿 있었지만 누구 하나 계집아이인 나를 빨리 교육시켜야겠다고 생각하지는 않았다. 글자를 물으면 되레 지청구를 들었고, 머리통을 쥐어박히며 한 글자 한 글자 외우다 보니 이른 경지일 뿐이다.

이런 나인지라 유치원에서 한글을 배운다는 친구의 말이 낯설다 못해 신기하기까지 했다. 나는 혼자 득도하듯이 깨친 한글을, 어찌하여 이 아이는 어딘가에 가서 배운단 말인가. 하지만 어쨌든 부러웠다. 유치원이라는 듣도 보도 못한 곳에 가서 무언가를 배우느라 오전에는 이제 나와 놀 수 없다는 그 애가 부러워 속이 배배 꼬일 지경이었다. 나도 걔처럼 시크(당시에 이 말을 알았을 리 없지만)하게 "나 유치원 가느라 오전에는 너희랑 못 놀아"라고 살짝 눈 내리깔면서 말하고 싶어졌다.

그날 저녁 온 가족이 모여 앉은, 하나로는 부족해 두 개의 밥상이 놓인 저녁 식사 자리에서 아버지에게 얼굴을 들이밀고는 말했다.

"아빠, 나 유치원 가고 싶어요!"

당시 아버지 눈빛이 흔들렸는지 기억나지는 않는다.

"아빠, ○○이도 ●●노 뇨 △△도, ▼▼, ◎◎ 전부 다 유치원 다닌대요."

내가 죽 나열한 저 많은 이름 중 일부는 유치원을 안 다녔을 거다만. 하지만 알 게 뭔가. 난 유치원에 가고 싶었을 뿐이고.

아버지께서 천천히 무겁게 밥알을 씹어 삼키며 말씀하셨다.

"걔네들은 학교 가기 전에 미리 배워 놓아야 학교에서 가르쳐 주는 걸 알아들을 수 있는 애들이라 그래. 학교 가서 선생님 하시는 말씀 잘 못 알아들으면 혼나니까, 그러니까 미리 한글도 배우고 노래도 배우고 그래야 하는 거지. 그런데, 의진아……."

아버지는 잠시 뜸을 들인 후 말씀을 이으셨다.

"넌 정말 똑똑한 아이거든. 봐라, 넌 누가 가르쳐 준 적도 없는데 벌써 한글 다 떼고 집에 있는 신문지 조각이랑 다락에 있는 소설책이랑 다 읽고 있잖아. 네가 맨 처음에 본 책 제목이 뭔지 기억해?"

"네, 《사람은 무엇으로 사는가》예요."

"거봐~ 이렇게 기억력 좋은 아이는 학교 가기 전에 유치원

가면 안 돼. 그러면 다른 아이들이 얼마나 속상하겠니? 기억력도 좋은데 더 욕심 부리고 유치원까지 다니려 한다고. 그건 네가 다른 아이들을 슬프게 만드는 거야."

아, 뭔가 반박 불가(不可)한 논리였다. 아버지 말씀은 이후에도 길게 이어졌던 거 같은데, '세상은 공평해야 한다'는 게 논지였다. 미리 배워 놓아야만 학교 가서 안 혼날 것 같은 아이는 유치원에 다니는 게 맞고, 이미 한글이니 뭐니 다 알고 있는 너는 안 다니는 게 세상 '공평'하다는 말씀이셨다. 뭔가 이상해서 가슴속에서 뜨거운 게 훅 올라왔던 것 같기도 한데…. 아무튼 아무런 대꾸도 할 수 없었다.

이후에도 아버지의 교육 방침은 일관되게 유지되었다. 중곡동으로 이사 오니, 이전 동네보다 형편이 약간 나은 곳이었는지 가정집에서 대여섯 명씩 아이를 모아 과외를 하는 게 유행이었다. 학교 끝나고 교문을 나서면 함께 손잡고 걷던 친구 대부분이 과외 받으러 가야 한다고 말했다. 이전 동네에서 이미 본 적 있는, 나 이런 사람이야 하는 익숙한 표정으로.

"학교에서 배우는 거 미리 배워야 한대."

그러면 갈 데가 없는 나는 혼자 터덜터덜 집으로 돌아갔다. 그때도 저녁 밥상에서 아버지에게 바투 다가앉아 똑같이 말했던 것 같다. 과외를 받고 싶다고. 꼭 받고 싶어서가 아니라 그냥 혼자만 안 받는 게 싫어서였다. 아버지 말씀은 그때도 같았다.

"수업 시간에 선생님 말씀하시는 거 못 알아듣는 아이는 과외를 받아야 하지만, 너는 똑똑하니까 안 해도 된단다. 봐라, 과외 받지 않아도 지난번 시험에서 모두 100점이었잖니."

초등학교 3학년이 되자 주변의 많은 친구가 피아노 학원에 다니기 시작했다. "아빠, 피아노 배우고 싶어요." 그때도 아버지는 텁텁하고 바싹 메말라 갈라진 목소리로 같은 말씀을 하셨다.

"너는 공부를 잘하니 안 배워도 된단다. 공부 잘하는 아이가 피아노까지 배우면 다른 아이들이 얼마나 속이 상하겠니? 욕심은 적당히 머물러 있어야 사람을 상하지 않게 하는 법이란다."

그 말씀을 하시는 아버지 표정이 먹먹해서 더는 조르기가 어려웠다.

중·고등학교 시절, 탱크로 쿠데타를 일으켜 신나게 독재를 하던 Mr. 전(全)이 만약 과외를 받는 인간들이 있으면 가만 두지 않겠다고 으름장을 놓았는데도, 어지간한 집에서는 몰래 과외를 받고 있었다. '몰래바이트'라는 신조어가 있을 정도였다. 적어도 영어 과외는 받고 싶다고 말씀드렸던 그때도 아버지 대답은 한결같았다.

"걔네들은 똑똑하지 않아서, 그리고 많이 부족해서 그래."

나의 사교육 도전기는 이렇게 끝이 났다. 받고 싶었지만 한 번도 받아 보지 못한 채로. 하지만 지금은 안다. 나만큼이나 아버지 역시 간절히 내 바람을 들어 주고 싶었으리라는 걸. 내 요청을 거절할 때마다 아버지 마음이 얼마나 쓰라렸을지. 철없던 딸은 몰랐다. 열 명의 대가족 생계를 온전히 혼자 짊어지고 묵묵히 걸어가고 계시던 아버지의 쓰라린 등을.

어느 날 수업을 하다가 달동네를 묘사한 글의 돌계단 삽화를 보고는 화들짝 놀란 적이 있다. 어린 시절 우리 동네 돌계단과 너무 똑같았기 때문이다. 좁고 가파른 계단, 그 옆에 게딱지처럼 다닥다닥 늘어선 집들, 계단에 앉아 하염없이 누군가를 기다리는 조그마한 아이. 불현듯 돌아가신 아버지가 그리웠다. 아버지 목소리가 들려오는 듯했다.

"얘야, 너는 똑똑하니 그런 건 다른 아이들더러 하라고 양보해라. 너처럼 똑똑한 아이는 그런 거 안 해도 된단다."

이제는 그 말씀에 반박할 논리가 준비되어 있는데, 그 말을 들어 줄 분이 안 계시다는 깨달음이 불현듯 등줄기를 훑어 내렸다. 교과서 위로 눈물이 후드득 떨어졌다.

"아버지, 이번엔 제 반박을 들어 주셔야죠. 아버지가 똑똑하다던 맏딸은 이제 준비가 되었는데… 안 계시는 거, 그거 비겁하신 거예요……."

낭만 '파더'

어린 시절 아버지는 크리스마스이브에 항상 장난감이나 작은 문구류를 사 가지고 들어오셨다. 아무리 늦어도, 술을 한잔하신 날에도 어김없었다. 말씀은 늘 같았다.

"아빠가 집에 오다가 산타 할아버지를 만났는데 말이야. 물어보시더라고. 너희가 올해 말 잘 듣고 말썽 안 부리고 효도했는지. 아빠가 그랬지. 좀 말썽은 부렸지만 앞으로 더 잘할 거라고. 그러니까 선물은 꼭 주셔야 한다고 엄청 사정사정했어. 안 주신다는 걸 꼭 달라고 말이야. 그랬더니 이걸 주셨어."

그러고 나서 펼쳐진 아버지 손에는 작고 조악한, 똑같이 생긴 세 개의 장난감이나 문구가 놓여 있었다. 늦은 시간까지 아버지의 선물을 기다린 연년생 딸 셋은 똑같은 것이었는데도 혹시라도 다른 건 없는지, 누가 더 좋은 연필이나 공책을 가지게 되는 건 아닌지 의심하면서 매의 눈으로 살피고는 했다. 물론 곧 장난감을 손에 쥐고 잠에 빠져들었지만.

아버지는 한동안 제대로 된 직업을 구하지 못하고 변변치 못한 일자리를 떠돌았다. 그런데도 이렇게 어린 우리의 크리스마스이브를 지켜 주셨다.

이런 아버지의 '낭만'이 내게도 유전되었나 보다. 아이들이 초등학교에 입학하고도 한동안 반지하 집에서 살았는데, 그 시절에도 나는 크리스마스트리를 잊은 적이 없다. 크리스마스 몇 주 전부터 비록 조악한 트리였지만 미리 꺼내 설치해 놓았다. 대형마트에서 기획 상품이랍시고 싼 가격에 내놓은, 어른 무릎을 겨우 넘을 정도의 크기였다. 여기에 색색이 반짝이를 휘둘러 감고 꼬마전구들도 휘감아 켜면 나름 성탄 분위기가 났다. 트리를 황홀하게 바라보는 아이들의 귀에 대고 속삭였다.

"올해 너희들이 말썽은 좀 부렸지만 그래도 착한 일도 많이 하고 엄마, 아빠 말도 잘 듣고 했으니까 산타 할아버지가 선물을 꼭 주실 거 같아, 그치?"

그러면 딸이 말했다.

"만약 안 주시면 어떻게 해요?"

"글쎄, 엄마 생각에는 주실 거 같은데. 혹시라도 안 주시면 내년에는 꼭 달라고 새해에는 착한 일을 더 많이 해야 하지 않을까?"

아들이 물었다.

"만약에 산타 할아버지가 다른 집 먼저 가져다주고 우리한테는 남은 선물만 주시면 어떻게 해요? 그래서 그 선물이 맘에 안 들면 바꿔 달라고 해야 하나요?"

"그럼 기도부터 하자. 원하는 걸 주세요, 하고."

어린이집에서 가르치는 대로 아이들은 매일 일기를 썼다. 그러면 선생님은 짧게라도 꼭 답을 써서 보내고는 했다.

'우리 00이는 오늘도 착한 일을 했구나. 00이는 친구들하고 재미있게 놀아서 좋았겠다.'

소금에 푹 절인 파김치나 갓김치처럼 손과 발을 늘어뜨리고 집에 돌아오면 아이들은 그림을 그리다가 혹은 책을 보다가 아니면 레고로 집을 만들다가 거실이나 방에 쓰러져 잠들어 있기 일쑤였다. 여기저기 널브러져 있는 장난감들을 치우고 아이들 가방을 정리한 후 일기를 읽었다. 선생님의 답글도 함께. 거기에는 아이의 하루가 온전히 기록되어 있었다.

그 덕분에 아이들이 해마다 크리스마스 선물로 뭘 받고 싶어 하는지 알 수 있었다. 크리스마스이브가 되면 그 선물을 트리 아래 놓아두고서야 잠자리에 들었다. 가만히 아이들의 새근거리는 숨소리를 들으면서. 한겨울 바람도 몸을 녹이고 싶은지 반지하 홑창으로 거세게 파고들었다. 바람 소리 사이로 희미하게 길고양이(이후엔 길냥이)의 울음소리가 들려오는 날도 있었다. 부디, 이 겨울을 잘 견디렴.

아마 큰애가 초등학교 들어간 해였을 거다. 계속 산타 할아버지를 불러들일 수는 없는 노릇이라 언제 산타의 정체를 밝혀야 하나 고민할 무렵이었다. 여느 때와 마찬가지로 크리스마스 몇 주 전부터 아이들과 산타 이야기, 선물 이야기, 어린이로서 일 년을 잘 살아 내는 것에 대한 이야기를 하면서 시간을 보내고 있었다. 원하는 선물을 알아내고, 선물을 구하고, 포장하고, 트리 밑에 놓고서 크리스마스이브의 밤을 맞았다. 늘 그렇듯 창문은 문풍지 떨듯 울어 대고, 먼 데서는 고양이가 울고. 그런데도 이불 안은 더없이 아늑해서 그 소리들을 들으면서 까무룩 잠이 들었다.

다음 날 아침, 아들과 딸은 트리 아래 얌전히 자리 잡고 있는 선물을 보고는 소리를 질렀고, 그 모습을 보면서 옆지기와 나는 웃었다.

그날 저녁, 한 주 동안 바빠서 건성건성 읽었던 아이들의 일기와 알림장을 찬찬이 살펴보던 중이었다. 딸의 일기가 먼저 눈에 들어왔다.

'오빠는 바보다. 잠이 들어야 산타 할아버지가 선물을 가지고 오실 텐데 자꾸 안 잔다. 산타 할아버지 꼭 제가 기도한 선물 주세요.'

아들의 일기를 읽었다.

'동생은 바보다. 아직도 산타 할아버지가 선물을 주신다고 믿는다. 하지만 나는 알고 있다. 부모님께서 우리가 자고 있을 때 선물을 몰래 놓고 가시는 걸. 엄마, 아빠 고맙습니다.'

이후 우리 집에서 산타는 영원히 사라졌다. 자연스럽게 산타는 북쪽에 있다는 멀고 먼 자신들의 고향에만 머물게 되었고, 다음 해부터 아이들은 우리 부부와 '협상'해 크리스마스 선물을 받게 되었다. 다음 해에도 그 다음 해에도 변함없이 크리스마스이브가 다가오면 우리 집 창문은 울어 대고, 어딘가에서 구슬픈 고양이 울음소리가 들려왔지만 산타만은 더는 우리 집을 찾지 않게 되었다.

어제, 크리스마스이브였다. 끔찍하게 막히는 내부순환로를 뚫고 오랜만에 칼퇴근해 집에 들어왔지만 집에는 아무도 없었다. 남편은 일 때문에 안 들어오는 날이었다. 아이들은 각자 계획이 있어 늦게 들어올 예정이었다. 조용히 냉동실에 얼려

둔 막걸리를 꺼내 와인 잔에 따라 혼술을 즐겼다.

예전 그 시절처럼 반지하가 아니다. 두 개의 방에 여섯 식구가 복닥거리며 살던 시절에서 한참 벗어나 있다. 남의 집이긴 하지만 지금 나는 서울의 아파트에서 산다. 아파트 거실 창문은 이중창이어서 더는 문풍지가 우는 듯한 흐느끼는 소리가 들리지 않는다. 다만 고양이 울음소리만은 가까이에서 들을 수 있게 되었다. 길냥이 코코와 산 지 꽤 되었기 때문이다. 지금 녀석은 내 옆에서 갸릉갸릉하면서 따듯한 담요에 코를 박고 더할 나위 없이 편안한 자세로 잠들어 있다. 이 순간 여전히 어딘가에서는 또 다른 고양이가 울며 이 겨울을 견디고 있으리라.

막걸리를 한 잔 더 따를 때 아들이 들어왔다. 아들은 제대 후 복학하자마자 바로 대학 연구실에 들어갔다. 아들 손에 비닐봉지가 들려 있었다. 닭 가슴살이란다. 동아리에서 길냥이들 간식을 샀는데 제 돈을 보태 코코 몫까지 샀단다. 아들은 중학교 때부터 용돈을 아껴서 길냥이 먹이를 사던 놈이다. 대학 들어가서 기껏 들어간 동아리가 학교 주변의 길냥이들을 보살피는 동아리였다. 구역을 나누어서 밥도 주고, 중성화도 시키고, 다친 애들 구조도 하고, 분양도 하는 동아리다. 사실 코코도 아들이 다니던 고등학교 창고 안에서 태어났다. 그대로 놔두면 죽을지도 모른다며 아들이 구조한 아이였다.

코코는 연신 아들에게 코를 부비며 애교를 떤다. 꼬리를 감고 야옹거리며 얼른 간식을 내놓으라고 갸릉거린다. 코코에게 조금씩 닭 가슴살을 나누어 주는 아들을 바라보노라니 문득 아버지가 떠올랐다. 작고 조악한 장난감을 내미시던 젊고 가난했던 아버지. 아버지 목소리가 귓가에 다시 들려왔다.

"아빠가 집에 오다가 산타 할아버지를 만났는데 말이야…."

크리스마스이브의 밤은, 예수께서 우리를 구원하기 위해 세상에 오신 날 밤은, 아버지에게서 나에게로, 그리고 다시 아들에게로 이어져 깊어만 간다.

하늘엔 영광, 땅에는 평화를, 그리하여 아멘.

내가 뭐가 아쉬워서

살다 보면 가끔 이해하기 어려운 상황과 마주할 때가 있다. 이번 같은 경우다. 정확하게 만 3년 전 이 동네로 이사를 왔다. 경기도 북부 지역에서만 근 십 년 살다가 서울 한복판으로 들어온 것이다. 두 아이 학교 문제를 고려한 결과였다. 따로 월세 자취방을 얻어 주는 것보다 함께 이사해 사는 것이 훨씬 더 싸게 먹힐 성싶었다. 우리로서는 '과감하게' 감행한 서울행이자 환향(還鄕)이었다. 전세에서 월세로 돌리면서까지 온 거니까 말이다.

비록 월세지만 긍정적으로 생각했다. 맞벌이니 이제라도 열심히 한 몇 년 모으면 대출 어느 정도 끼고 30평형의 아파트 정도는 마련할 수 있지 않을까 내심 기대했던 것이다. 하지만 계약 만기가 돌아오자 집주인은 월세를 더 올려 달라고 했다. 차라리 보증금을 올려 주겠다니, 필요 없단다. 할 수 없이 다시 이사를 결심하고 부랴부랴 인근 집 시세를 알아봤더니 2년 사이에 이미 3억에서 4억이 올라 있었다.

오, 신이시여, 할렐루야.

그나마 살고 있던 아파트는 지은 지 10년 넘은 거라 좀 적당히(?) 오른 상태였고, 인근의 새 아파트 단지는 그 사이에 5억이 넘게 올라 있었다. 별수 없이 다시 대출을 좀 끼고 바로 옆에 있는, 지은 지 20년 넘은 아파트에 들어갔다. 결혼하고 나서 열세 번째 이사였다.

2월 중순이었는데 이삿날은 생각만큼 춥지 않았다. 포근한 바람이 소매에 감길 정도로 봄기운이 느껴지는 날이었다. 사다리차의 수레에 짐이 들들들들 요란한 소리를 내며 들려 올라가는데 이삿짐센터 기사분이 물었다.

"집 사서 이사하시는 거예요?"

"아니요."

"전세인가요?"

"아니요."

"아……."

기사분은 신음 비슷한 소리를 내더니 이내 투덜거렸다.

"요즘 집이 너무 비싸요. 뭔 놈의 집값이 끝을 몰라요, 끝을.

다락같이 뛰기만 해요, 젠장. 세상 망해야 돼요."

작년 말, 이 아파트 집값은 다시 1억이 올랐다. 이사한 지 채 열 달도 되지 않아서였다. 집을 이미 가지고 있지만 한 채 더 사기로 하고 계약서에 막 사인을 마쳤다는, 같은 동네 사는 분은 투덜거리며 말했다.

"몇 달 전에만 결심했어도 1억은 그냥 버는 건데… 잠깐 망설이다 생돈 1억 날렸네요. 되는 일이 없어요."

내 경우 당시 그 집을 사려 했다면 적어도 4억은 대출을 받아야 했다. 그러면 아무리 작게 잡아도 이자만 한 달에 100만 원이 넘는다. '나는 집 사긴 글렀군' 하고 속으로만 생각하고 말았다.

그런데 며칠 전 부동산에서 전화가 왔다. 60대 중반의 아주머니인 부동산 사장님은 시세보다 싸게 나온 작은 평수의 집이 있다며 보러 오라고 했다. 너무 관리가 잘되어 있는 집이니 꼭 선생님이 샀으면 좋겠다면서. 우리 집 형편을 잘 아는 분이라 아무렇게나 던져 보는 제안이 아니란 건 알 수 있었다. 사장님은 당장이라도 달려와 가계약하겠다는 사람이 있는데 그 사람을 제치고 내게 먼저 연락했노라 했다. 그 말에 무작정 달려갔다. 하지만 막상 집을 보고 나서는 깊은 고민에 빠졌다.

집은 더할 나위 없이 마음에 들었다. 문제는 1억이 오른 이후 두 달도 안 되는 사이에 집값이 또 2억이나 올라 있었다는 거다. 그러니까 우리 동네 집값은 크기와 상관없이 모든 평형이 3년이라는 시간 동안 딱 두 배가 오른 셈이다. 그러니까 5억 하던 집은 10억으로, 6억 하던 집은 13억이 된 것이다. 여기는 소위 말하는 강남도 아니고 송파도 아니고 목동도 아니다. 대규모로 재개발이 이루어진 곳도 아니다. 신축 아파트 단지도 아니고 핫하다는 지역에서도 다소 비켜 나 있는 곳이다. 내가 이해하기 어려운 지점은 어떻게 3년 사이에 이 동네 모든 집이 자기 몸값을 두 배로 불렸느냐는 점이었다. 이제 집값은 내 지불 능력 바깥에 있었다. 아, 물론 이전에도 그랬지만 말이다.

나는 그저 월급 받아 한 달을 살아 내는 사람이다. 입성에 크게 신경 쓰거나 외식을 즐기거나 해외여행을 자주 하거나 골프를 치거나 비싼 취미를 즐기는 사람이 아니다. 집을 꾸미거나 무언가를 수집하는 취미가 있거나 비싼 차를 사고 싶어 하는 사람도 아니다. 술도 와인이나 위스키 같은 고급술은 입에 맞지 않아 선물을 받아도 다른 사람 줘 버린다. 그런 취향들이 나쁘다고 생각해서가 아니라 단지 늘 시간이 부족하고, 매사 좀 심드렁한 성격이기 때문이다. 그런데 막상 이 나이에 이르기까지 집 한 채 없이 서울 바닥에 뿌리를 못 내리고 있다 생각하니 세상과 나는 서로 좀 다르게 살아온 게 아닌가 하는 생각이 들었다. 세상이라는 놈과 나는, 그러니까 우리는 어쩌면 서로 소통하는 법 없이, 각자의 방식대로 자기 갈 길만 냅다 걸어온 건 아니었을까 하는, 뭐 그런 생각이 들었다.

다시 전화벨이 울렸다. 부동산이었다. 아무래도 포기해야겠다고 하니 안타까워한다. 어차피 살 사람은 많았다. 요즘 실수요자가 많은 지역이니 사겠다고 달려드는 사람들은 차고 넘칠 것이다. 그런데 부동산 사장님은 진심으로 그런다. 나 같은 사람이 그 집을 샀으면 좋겠다고. 지난번 월세 집에 이어 지금 전셋집까지 구해 주셨는데, 집을 참 깔끔하고 정갈하게 썼다며 칭찬을 아끼지 않으셨던 분이다. 20년 넘게 부동산을 하면서 수없이 많은 집을 사고팔아 봤지만 '집'을 '집'답게 사용하는 사람은 드물다면서.

칭찬을 듣는 건, 어느 때고 고마운 일이다. 누군가 나의 드러나지 않는 노고를 알아주는 건 보상받지 못했던 내 삶의 한 조각이 잠시나마 반짝, 하고 빛이 나게 하는 일이기 때문이다. 아주머니는 이후에도 가끔 괜찮은 물건이 나오면 전화를 주셨지만 그때마다 나는 조금 바람 빠진 목소리로 다음에요, 라고 말하고는 전화를 끊었다.

그런데 이상한 일이다. 막상 포기하고 나니 도리어 마음이 편안해졌다. 대출을 최고로 당겨 오고 별별 수단과 방법을 다 써 없는 돈줄을 만들 생각을 할 때는 심장이 빠근했다. 5억이 넘는 돈의 이자는 어떻게 감당할 거며, 죽을 때까지 다 갚을 수나 있는 건지, 양가 부모님들 생활비는 어떻게 해야 할지, 당장 올 가을 시부모님 전세금은 어찌해야 할지 등등 이것저것 생각하면서 창자가 꼬여 구역질까지 났었다. 하지만 에라 모르겠다, 애들이 학교 마치면 아예 이 오래된 나의 고향, 이 빌어먹을 서울을 등지고 저 멀리 외곽으로 나가 버리자. 거기에서 텅텅 빈집 잡아서 다시 쓸고 닦고 기름칠하고 조이다 보면 또 정든 내 집 되겠지. 지금 만나고 있는 친구들이 멀고 먼 촌에 산다고 발걸음을 끊으면 그 동네 사람들 술 먹이면서 친구 만들어 또 재미있게 놀면 되겠지. 주변에 사람들이 별로 없어 외로우면 동네 길냥이들 잔뜩 모아서 왁자하게 같이 놀면 되지 뭐. 이런 상상에 이르니 갑자기 다시 즐거워졌다. 마음을 바꾸니 내 수중에 돈이 제법 많다는 생각까지 들었다. 집을 안 사면 오히려 돈이 남는다. 3년 사이에 제 몸값을 두 배로 불려서 내게 갑질하고 있는 '개'만 포기하면 말이다. 그 녀석은 나를 늘 애달프게 하고 안달 나게 할 뿐 한번도 나를 돌아봐 준 적도, 다정하게 바라봐 준 적도 없다. 언제나 매정하고 매몰차게 박대하기만 했다. '개'만 포기하면, 그럭저럭 아쉬울 것 없는 인생이다. 막말로 내가 뭐가 아쉽겠는가. 직장이 없나, 친구가 없나, 친구들한테 쏠 막걸리 값이 없나.

그래서 이제 더는 매달리지 않기로 했다. 내가 뭐가 아쉬워서, 응?

어머니, 성공하셨습니다

시어머님은 대구 서문시장 앞 육교에서 20년 동안 노점 장사를 하셨다.

서문시장은 대구에서 가장 큰 시장이다. 버스에서 내려 서문시장으로 가려면 육교를 건너야 하는데 그 육교 아래에서 비가 오나 눈이 오나 좌판을 펼치셨다. 그렇게 번 돈으로 두 자식들을 먹이고 입히고 교육시켰다. 그뿐인가. 번번이 사업에 실패하는 남편의 빚(?)바라지까지 하셨다.

노점 장사를 할 때 가장 힘든 건 불시에 들이닥치는 단속반이다. 단속에 걸리면 모든 물건을 압수당할 뿐만 아니라 조사를 받느라 하루 정도 구류도 살아야 했다. 하루 벌어 먹고사는 사람들에게 그런 상황보다 더 무서운 건 없다. 내일을 예측할 수 없는 생활, 오늘 운수가 좋아 좀 더 벌어도 다음 날 단속반에 걸리면 며칠 동안 장사한 게 헛일이 되어 버리는 그런 삶을 견딘 세월이 자그마치 20년이었다. 한 푼도 허투루 쓰지 않으면서 긴 세월 살아온 덕분에 시어머니는 근검, 절약, 검소가 몸에 밴 분이다.

내가 옆지기와 결혼을 결심한 결정적 이유에는 어머니가 있다. 연애 시절 옆지기가 어머니에 대해 했던 말 때문이다.

"학교가 끝나면 가끔 엄마가 장사하시는 서문시장 육교 위에 서서 엄마를 보다가 집으로 간 적이 여러 번 있어. 공부가 하기 싫고 왜 공부를 해야 하는지 회의가 들거나 게을러질 때면 엄마를 보러 갔지. 한여름이면 땡볕 아래에서, 한겨울이면 칼바람 몰아치는 한복판에서 힘들게 고생하는 엄마를 육교 위에 서서 내려다보고 있었어. 어떤 때는 단속반에 쫓기다 잡혀 가는 엄마를 본 적도 있고. 내가 할 수 있는 게 아무것도 없어 그저 지켜볼 수밖에 없을 때도 있었지. 그러면 공부 그게 뭐가 힘들다고 투정 부리나 싶어서, 다시 열심히 공부해야겠다고 마음을 다잡았어."

이 말만 들었다면 어쩔 수 없이 마마보이군 하면서 뜨악해 했을 것이다. 고생하는 엄마, 우리 엄마, 그러니까 효도해야지 식의 감상으로만 보였을 거다. 그랬다면 막 싹트려던 호감이 바닥에 떨어져 짓이겨졌으리라.

"그런데 말야, 엄마를 지켜보다가 어느 순간부터 엄마가 아닌 다른 사람들이 눈에 들어오기 시작한 거야. 많은 사람이 엄마였어. 엄마 옆에서 장사하시는 다른 분들도 뜨거운 태양 아래에서, 한설(寒雪)이 몰아치는 추위 속에서 엄마처럼 힘들게 일하고 계셨지. 엄마만이 아니구나. 세상의 모든 사람이 다 눈물겹게 최선을 다해 하루를 살아가고 있구나. 어쩌면 버텨내고 있구나. 그때부터 한 가지 결심하게 되었어. 난 결코 잘난 인간이 되려고 아등바등하지 않을 거야. 누군가의 머리 위에 서겠다고, 혹은 많은 돈을 벌겠다고, 그도 아니면 힘을 가지겠다고 하지 않을 거야, 라는 생각이 들었어. 그때부터 그저 평범한 사람으로 살아가는 거에 만족하는 삶을 만들 거야, 라고 결심한 거지."

옆지기는 가끔 학교가 끝나면 친구 몇몇과 엄마를 찾아갔다고 했다. 엄마한테서 아이스크림을 얻어먹기도 하고 용돈도 받았단다. 친구들하고 왔는데 더우니 아이스크림 사 달래서 먹고 떡볶이 사 먹게 용돈도 받아 간 것이다. 물론 실제 목적은 그게 아니었다고 한다. 힘들게 장사하시는 엄마가 공부 잘하는 아들, 친구들과 사이좋게 어울리는 아들을 자랑하실 수 있게 일부러 찾아간 것이다. 또 노점에서 장사하는 엄마를 자신은 전혀 부끄러워하지 않는다는 걸 보여 주고 싶어서였단다.

"엄마? 엄마는 정말 좋아하셨지. 옆에 계시는 다른 노점상 분들이 '아유~ 야가 그 공부 잘한다는 아들 맞능교?', '하이고 그놈아 야물딱지게 생겼고마는.' '야아~ 우찌 하문 니는 공부를 그리 잘할 수 있나? 니는 따로 돈 내고 배우는 데도 읎다문서?' 시끌벅적 다들 한마디씩 하시면, 엄마 입가에 노을 같은 미소가 번졌어."

옆지기는 말을 이었다.

"나중에 물으시더라구. '니는 안 부끄럽나? 니 친구들이 다리 밑에서 좌판 펼치고 있는 엄마 보는 게 아무렇지도 않나?' 그래서 엄마한테 말씀드렸지. '뭐가 부끄러운데요? 엄마가 남의 것을 훔치나, 거짓말을 하나, 아니면 없는 거 있다고 하고 사나. 열심히 살잖아. 엄마가 고생하는 걸로 내는 편하잖아. 근데 내가 왜 엄마를 부끄럽게 생각하노?'"

옆지기의 인성이 여기까지였다면 그저 그런가 보다, 나이 어린 남자의 치기려니 생각했으리라. 뭐 싸가지 밥 말아 먹은 남자들보다야 훨씬 나았겠지만, 내 마음에 울림을 주지는 못했으리라.

"드디어 내가 6년 장학생으로 대학에 들어가니까 너무나 기뻐하면서 엄마가 그러셨어. 야야, 넘들은 아들 그 어려운 데

집어넣었다고 이제 고생 다 끝났다 카는데, 니 대학 졸업하고 돈 많이 벌믄 내한테도 밍크코튼가 뭔가 사 줄 수 있나? 언젠가 촌에 갔더니 니 그 촌 아지매 안 있나, 우리 고향 촌이 전부 다 대구광역시로 안 들어왔나. 땅값이 음청 올랐다 아이가. 그런데 이번에 또 아파트 부지로 들어간다고 밭을 시에서 수용한다 카드니 보상금이 어마어마하게 나왔다 카대? 그 집 아지매가 그래서 돈이 남아돈다 카드라. 막상 보상금은 나왔는데 촌에서 농사지으면서 그 돈 뭐 하는데 쓸지 몰라서 은행에만 넣어 놨다 안 카나. 그래서 그런가 이번에 500만 원인가 뭐 얼매를 주고 밍크코트 샀다코 내 앞에서 자랑 안 하드나. 내사마 별에 까맣게 끄슬려 싸 가지고 벨로 에울리지도 않는 거 입고 자랑해 쌓는 거 부럽지도 않구마는. 그래도 니 내한테 하나 사 줄 끼가? 남들 에렙다 카는 아들 '사' 자 만들었는데 그 정도 입어도 안 되겠나."

그 말에 옆지기는 이렇게 말했다고 한다.

"'엄마, 내는 돈을 많이 벌 리도 없고 많이 벌 생각도 없지만, 설령 그렇게 번다고 해도 엄마 밍크코트 몬 사 준다. 밍크코트를 왜 입어야 하는데? 돈 있으면, 돈 많이 벌면 밍크코트를 꼭 입어야만 되나? 내는 싫다.' 엄마가 정말로 밍크코트 입고 싶어서 그러시는 게 아니라는 건 알지. 하지만 정말 빈말로라도 나는 밍크코트 사 드린다는 말을 하기 싫었거든. 세상에 잘난 사람도 못난 사람도 없다는 게 내 생각이야. 그러니 돈을 많이 벌겠다는 생각도 애초에 없었거니와 돈을 벌었으니 이제 유세 좀 부리면서 살고 싶다 그런 생각도 없었어. 마찬가지로 엄마한테 밍크코트도 사 드리기 싫었던 거지."

맞다. 이거였다. 이 말을 듣는 순간 어머님의 삶이 성공했다는 생각이 들었다. 단순히 부모가 제대로 신경 써 주지 못했는데도 공부 잘해 사교육 한번 없이 남들은 수천만 원씩 쏟아부어야 들어가는 대학에 들어갔다는 사실 때문이 아니었다. 생각이 반듯하고, 그 주관으로 세상을 살아갈 줄 아는 한 명의 인간을 길러 냈다는 데에 감동했다. 엄청난 부를 이루거나 명예나 지위를 얻는 것 따위는 명함을 내밀 수 없는 성공인 것이다.

지금껏 나는 어머님이 좋은 물건, 비싼 물건들을 사시는 걸 본 적이 없다. 어머님은 옷이나 장신구는 물론이거니와 그다지 쓸모는 없지만 사치성에 가까운 물건을 원하거나 탐내는 법도 없으셨다. 그래도 가끔 좋은 것들을 선물해 드리고 싶어 말씀드리면 손사래를 치셨다. 나 역시 결혼 이후 내내 넉넉한 형편이 아니었던 데다 내가 쓰는 물건들 역시 소박하기 이를

데 없기에 구태여 어머님께만 비싼 물건을 사 드려야 할 내적 동기를 찾지 못해, 이날 이때까지 제대로 된 선물 한번 못해 드렸다.

그러던 어느 날, 내 눈에 들어온 물건이 있었다. 아니 물건이라기보다는 작품인데 대구 어느 장인이 만들었다는 도마였다. 시댁 도마는 몇십 년 쓴 거라 가운데는 움푹 파이고 가장자리는 닳을 대로 닳아 도마로서 수명이 거의 다한 상태였다. 새로 장만해 드리겠다니까 이번에도 손사래를 치셨다. 아직 쓸 만하다, 뭐 그리 비싼 도마를 사려고 하느냐, 서문시장에서는 2, 3만 원이면 괜찮은 나무 도마 구할 수 있다 하시면서.

계속 거절하실 거라 그냥 주문해서 보내 드렸다. 이후는 내 짐작대로였다. 어머님은 너무 좋아하셨다. 친구분들 불러 자랑하시고, 이모님들도 불러 보여 주셨다고 한다. 내게도 사진을 찍어 보내 주셨고, 전화도 하셨다.

"야야, 내가 살다 보니 이래 사치스런 물건도 선물로 받는구마. 어째 애는 김치를 썰어도 그냥 서걱 하는 느낌이고 칼날이 망가지지를 않는다. 내사마 며느리한테 이래 좋은 것도 막 받아 쌓고, 이만하면 내 인생 성공한 거 아이가?"

그 도마가 바로 '사월도마'다. 그냥 나무를 깎아 만든 게 아닌 나무가 살아 숨 쉬던 때의 생기가 그대로 스며들어 있는 도마다. 모양도 제각각이다. 같은 모양이 없다. 나무의 본래 모습을 그대로 간직한 채 도마가 된 듯하다.

장인이 만든 도마라 그런지 칼날이 도마 표면에 닿을 때 비로소 그 진가가 드러난다. 칼질을 할 때면 도마 속살에 칼이 닿는 느낌이 서걱 하고 손끝에 그대로 전해지면서 나무 결결이 온몸으로 칼을 받아내는 게 느껴진다. 처음 도마를 접하자마자 가장 먼저 떠오른 사람이 어머님이었다. 예상대로 어머님은 이제껏 선물해 드린 어떤 것보다도 이 도마를 마음에 들어 하신다. 사치스러운 것을 별로 좋아하지 않는 고부(姑婦) 두 사람의 마음이 딱 맞은, 드문 물건이 '도마'라는 게 신기할 따름이다.

치매가 알려 준 것

설 명절을 쇠려고 대구 시댁에 내려갔다. 시댁에는 시부모님과 올해 아흔다섯 되신 시외할머님이 함께 사신다.

2년 반쯤 전에 대구 시내 전체를 이 잡듯 뒤지며 발품을 팔아 시부모님께 아파트를 얻어 드렸다. 입주한 지 얼마 안 되어 시외할머니도 모셔 왔다. 시외할아버님이 돌아가신 뒤 촌집에 홀로 계시는 시외할머님을 칠 남매 맏이인 어머님이 모른 척하기 어려웠기 때문이다. 더욱이 가벼운 치매 증세까지 보여 혼자 계시게 둘 수는 없었다.

대구로 온 후 외할머님의 치매 증세는 조금씩 더 진행되었다. 뵈러 가면 어느 날은 해맑게 웃으며 나를 알아보셨다가 또 어느 날은 누구 댁 새댁이냐며 반갑다고 하셨다. 어떤 날은 무언가를 찾느라 여기저기 농문을 열고 다니셨고, 어떤 날은 누군가 당신 물건을 가져갔다며 혹시 누가 가져갔는지 아느냐고 물어보기도 하셨다.

그런 것 외에는 나름의 일상을 잘 영위해 가셨다. 당신 주변을 깔끔하게 정리하고 가꾸실 뿐만 아니라 주변 사람들을 괴롭히는 일도 없었다. 외할머님은 열여덟 살에 현풍 곽씨 17대 종가로 시집 와 77년을 종부로 살아오셨다. 기품이 밴 분이셨다.

그런데 이번 명절엔 좀 달랐다. 아침부터 당신 돈을 누가 가져갔다며 애절한 목소리로 찾아다니시는 거였다. 원래 갖고 있던 20만 원과 어제 어머님이 드린 10만 원 그리고 내가 주머니에 넣어 드린 5만 원이 사라졌다는 말씀이었다. 분명히 누군가 가져갔다고, 가져간 게 누구냐고, 찾아야 한다고 애달프게 같은 말씀을 반복하시는 모습이 낯설었다.

어머님 말씀에 따르면 이번이 처음이 아니라고 했다. 누군가 돈을 드리면 여기저기 숨기셨고 그걸 기억 못해 누가 가져갔다고 끊임없이 의심하거나 내놓으라고 하신다 했다. 하지만 평소에도 의심이 깊어 내의 속이나 장롱 안, 버선 안쪽 등등에 돈을 분산(?)시켜 숨겨 놓으니 막상 찾아 드리고 싶어도 그럴 수 없어 난감하다고도 하셨다.

문득 8년 전 돌아가신 친정 할머니 생각이 났다. 할머니 역시 돌아가시기 몇 년 전부터 치매를 앓았는데, 그 한 증세가 돈에 대한 집착이 나날이 깊어지는 거였다. 실제 있지도 않은 (아주 오래전에 팔아 치운 게 분명한) 당신의 숨겨진 재산을 찾아야 한다고, 보는 사람들마다 붙잡고 하소연을 하셨다. 누군가 당신을 속이고 당신 재산을 빼어 갔다는 피해의식은 주변 사람들을 한시도 편히 있지 못하게 했다. 게다가 돈을 좀 드리면 지폐 한 장 한 장을 모두 다른 곳에 숨겨 놔 영 찾을 수가 없었다. 아무도 믿을 수 없다고, 내 돈이 어디 갔느냐고 서럽게 우는 할머니를 보면서 돈에 집착하며 일생을 보낸 분이라 그런 줄로만 알았다. 치매 때문에 본능에 가까운 집착만 남았기 때문이리라 생각했다.

친정 할머니는 주변의 그 누구보다, 심지어 자식이나 손주보다 돈을 더 믿은 분이셨다. 거기엔 그럴만한 사정이 있긴 했다.

할머니는 일찍 청상이 되었다. 증조할머니 역시 마찬가지였다. 두 청상은 함께 고향집을 지키려 했지만, 역부족이었다. 이미 신분제도는 무너져 머슴이고 노비고 전부 나가 버렸고 더욱이 5대째 외동으로 겨우 가문의 대를 잇던 터라 가까운 친척도 동네에 없었다. 그런 상황에서 두 분은 집과 가문을 지키고 버텨 낼 재간이 없었다. 논과 밭이 눈앞에서 일가붙이에게 넘어가는 꼴을 봐야 했고, 대낮에도 불한당이 집에 들어와 중요한 문서들을 도둑질해 가는 걸 보고도 어쩌지 못했다.

결국 할머니는 선친들 묘가 있는 선산과 선산 귀퉁이에 붙이 있던 묘지기용 밭뙈기만 남긴 채 얼마 남지 않은 논밭을 모두 정리했다. 그런 후 초로로 접어든 시어머니와 갓난쟁이 딸, 막 국민학교(지금의 초등학교)에 입학한 아들을 데리고 서울로 올라왔다. 한국전쟁 직후라 어수선한 시절이었다. 할머니는 돈을 탈탈 털어 동대문 시장에 포목점을 열었다. 그걸로 대가족을 먹여 살린 세월이 40년이다.

그렇다 보니 할머니는 '돈'에만 의지하게 되었다. 돈이 모든 걸 해결해 주리라는 신념은 살아온 세월만큼 굳건해졌다. 당신의 팔자와 투쟁하듯 사신 분이었다. 할머니의 독특한 성정을 어린 시절 나는 도저히 이해할 수 없었다. 《토지》의 '임이네'가 연상되고는 했다. 강한 생명력과 생존 본능, 욕망과 욕심만을 삶의 동력으로 삼아 주변을 숨 막히게 했던 그 임이네 말이다.

그런데 평생을 종가 종부로 그다지 험한 일을 겪은 적 없이 살아오신 외할머님에게서도 그런 모습이 보여 적이 놀랐다. 설거지하고 있는 내 등 뒤로 어머님의 다소 지친 목소리가 들려왔다.

"치매 증세 있는 분들이 대부분 그런다 카더라. 와 사람이 평생 살면서 늘 돈을 손에 쥐고 살지 않나? 그러니 나이 들어 정신이 흐릿해지면 그 습관이 '돈'에 대한 집착으로 되뿔고, 그 집착이 이토록 강해진다 카더라. 내사마 요즘 느그 할머니 저러시는데 마 덧정 없어질라칸다."

그 말씀에 언젠가 읽었던 '좀비'를 다룬 웹툰이 떠올랐다. 인간이었을 때의 본성과 기억은 모두 사라지고 오로지 '먹고자 하는 원초적인 욕구'만 남은 좀비들이, 그것 말고 유일하게 반응을 보이는 게 '돈 소리'라는 설정이었다. 살아 움직이는 인간을 뜯어 먹겠다고 기괴스럽게 달려들다가도 "쨍그랑" 돈이 굴러가는 소리가 들리면 바로 그쪽으로 일제히 머리를 돌리던 좀비들. 그 어떤 것에도 반응이 없다가 돈 소리에만 반응하던 좀비들. 그 현상과 치매 환자들의 집착은 비슷한 걸까, 아닌 걸까.

궁금해졌다. 먼 훗날, 멀고 먼 훗날에 말이다. 나 역시 늙어 정신이 흐릿해지면, 그래서 다른 모든 복잡한 사고와 기억과 기능이 내 대뇌와 소뇌로부터 멀어져 시인 황지우가 명명한 "영혼의 정전"이 찾아왔을 그날에 말이다. 그때 나는 무엇을 붙들고 있을까?

지금의 세상에 동전은 거의 쓸모가 없어졌다. 현금 한 푼

없이도 대부분의 거래가 가능하다. 명절 장을 보겠다고 나서는 내 손에 쥐어진 건 마그네틱선이 선명한 신용카드와 모바일 카드가 심어진 핸드폰이 전부다. 지갑은 사용한 지 오래돼 어디에 있는지 가물가물하다. 그저 카드를 끼운 핸드폰만 달랑 들고 터덜터덜 집을 나선다. 이미 핸드폰은 내 기억과 사고 회로를 지배하는 중요한 장기처럼 되었다.

먼 훗날 나는 핸드폰을 누가 가져갔느냐고, 세상 누구도 믿을 수 없다고, 핸드폰 내어 놓으라며 울고 있을까. 세상 모든 기억이 지워지고 나를 지탱해 주던 이성도 논리도 자존도 사라진 어느 날 오로지 핸드폰만을 찾아 울고 또 울면서 사방을 헤매며 다니고 있을까.

화요일 구름 많음

그 남자의 자신감

백양로를 걷고 있었다. 한 학번 위인 남자 선배와 함께였다. 목련 몽우리가 봄기운을 더는 견디지 못하고 막 터뜨릴 기세였다. 발밑에서는 연신 아지랑이가 피어오르고, 포근한 바람이 얼굴을 간질였다. 대학 새내기가 아니라도 마음이 부풀어 오르기에 충분한 계절이었다.

그러니까 그날은 선배 한 명과 신입생 한 명이 짝을 지어 선배가 후배에게 밥을 사 주고 대학 생활의 어려움과 고민을 들어주는 날이었다. 음, '아름답'고도 유구한 문화를 자랑하는 국문과의 전통이랄까.

선배는 나를 학교 앞 허름한 경양식 집(비프스테이크, 돈가스, 생선가스 등 간단한 서양식 일품요리를 파는 곳으로 대학 시절엔 트렌디한 곳이었음)으로 데려갔고, 대표 메뉴인 돈가스를 주문했다. "뭘로 할까요?"라고 묻는 종업원에게 그는 호기롭게 밥

대신 빵을 달라고 '외쳤다'. 나는 얼이 빠졌다. 고등학교 졸업할 때까지 돈가스는커녕 그 비스무리한 걸 파는 식당에도 가본 적이 없었기 때문이다. 그런 곳에는 소위 날라리들만 들어간다고 굳게 믿는 촌뜨기였고 말이다.

그를 따라 나 역시 빵을 주문했다. 종업원은 먼저, 조미료 맛이 많이 나는 누르스름한 수프를 가져다주었다. 밥숟가락보다 더 둥그렇고 깊은 '스푼'으로 떠먹어야 했는데, 자꾸 수프를 흘릴 것만 같아서 여간 신경 쓰이는 게 아니었다. 홀짝홀짝 떠먹고 있는데 빵이 나왔다. 그가 먼저 빵 옆에 놓인 조그만 용기의 껍질을 벗긴 후 그 내용물을 빵에 발랐다. 당연히 따라 했다. 내용물은 딸기잼이었다. 달콤한 붉은 잼과 부드러운 빵. 아마도 정식으로 경양식을 먹어 본 건 그때가 처음이었을 거다.

식사가 끝날 무렵 그가 말했다. 다시 학교로 들어가서 좀 걷자고.

가정, 가사 시간에 서양식 식사 에티켓을 배우기는 했지만, 몸에 익지 않아 영 어색하기만 했던 식사 자리였다. 게다가 대학 생활의 어려움을 억지로 짜내느라 좀 지쳐 있었다. 아직 학교 건물들이 어디 어디에 붙어 있는지도 다 파악 못한 학기 초에 뭐 그리 큰 고민이 있겠는가. 그래서 내가 아직 보지 못한 캠퍼스 구석구석을 안내해 주겠다는 그의 제안이 나쁘지 않았다.

경양식 집을 막 나선 우리 앞에는 아름다운 봄의 정경이 펼쳐져 있었다. 교문을 지나자 백양로에는 온통 터지기 직전의 벚꽃과 군데군데 몽우리 맺은 목련으로 넘실거렸다. 백주년 기념관을 지나면서 자판기에서 커피 두 잔을 뽑아 들었다. 화사한 봄바람이 우리 앞날을 축복하듯 마주 불어왔다. 원피스의 끝자락이 나풀거리며 종아리를 감다가 하늘로 날아오를 것만 같았다. 바야흐로 내 인생에도 봄이 왔구나 싶어 한껏 들떴다.

그때 갑자기 그가 물었다.

"의진이, 너 키가 몇이지?"

뜬금없는 물음에 의도 파악이 안 되어 버벅거리며 대답했다.

"100… 162 정도예요."

"보기보다 크진 않네. 그것보단 클 줄 알았는데. 오빠는 여자 키가 168 이상은 되어야 좋더라구."

그럴만했다. 그는 당시로서는 상당히 큰 키였다. 어림짐작으로도 180은 되어 보였다. 키가 큰 사람이니 자기한테 어울리려면 키가 큰 여자가 좋겠지, 라고 생각하며 고개를 주억거렸다. 그가 말을 이었다.

"난 말야, 외모도 중요하다고 생각해. 하지만 예쁘기도 예뻐야 되지만, 일단 좀 청순가련했으면 좋겠어. 좀 마른 듯 보이는 호리호리한 체형이었으면 좋겠고 말이야."

그거야 뭐, 대다수의 남자, 특히 나이가 어린 남자들은 그렇다고 알고 있었다. 만화 속 여주인공 같은 외모, 무언가 슬퍼 보이고 다소 병약한 듯한 가냘픈 외모의 여자에게 넋을 놓는 경우가 많다고 들었다. 쓰러질 것 같은 가녀린 체형의 그녀가 슬픈 사슴 같은 눈동자로 바라보면 대다수의 남자는 보호 본능이 발동해 어쩔 줄 몰라 하는 법이다, 라고 당시의 어린 나는 이해했다. 그러니 그의 이상형이 별난 것은 아니었다.

"그리고 똑똑해야 하는데, 그렇다고 너무 기가 세면 사귀기 피곤하잖아. 좀 센스가 있어서 남자 자존심을 긁지 않고도 부족한 점을 채워 줄 수 있는 현명한 여자가 좋아."

듣다 보니 좀 이상했다. 왜 물어보지도 않은 자기 이상형을 내게 말하는 걸까? 혹시 소개팅시켜 달라는 건가? 아, 그런데 어쩌나. 내 주변에는 그가 말하는, 168 정도의 키에 청순가련한 미인이면서 호리호리한 체형의 친구는 없었다. 여고 동창들을 몽땅 머릿속에 불러 모아 놓고 한 명씩 떠올리며 스캔해 봐도 도통 마땅한 사람이 떠오르질 않았다.

그제야 살짝 고개를 돌려 그를 살펴보았다. 또 다른 난관이 보였다. 설령 그가 원하는 이상형이 주변에 있더라도 그런 괜찮은 친구가 그를 마음에 들어 할 것 같지는 않았다. 그는 키는 컸지만 꽤 비만이었다. 그 나이에 이미 배가 둥그런 모양을 하고 발끝보다 조금 더 앞을 향해 나와 있었다. 게다가 큰 얼굴은 온통 여드름 투성이였다. 만약 상대 역시 외모를 중시하는 사람이라면 내가 소개팅을 주선할 경우 대략난감한 상황이 펼쳐질 수도 있었다.

하지만 그는 이미 자기 이야기에 빠져 버렸고, 떨떠름하게 백양로 한복판에 서서 하는 수 없이 얌전하게 손을 모으고 듣고 있는 내 표정 따위는 아랑곳하지 않았다.

"내가 우리 집에서 장남이거든. 남동생들만 있고. 우리 집은 좀 재미가 없어. 말없는 사내 녀석들뿐이라 집이 늘 적막강산 같아. 그래서 난 여자가 좀 애교 있고, 잘 웃고, 재미있었으면 싶어."

점점 더 자신이 없어졌다. 그런 괜찮은 여자를 어디 가서 찾는담. 설령 찾는다 해도 소개팅시켰다가는 무진장 욕먹을 텐데. 그렇다고 해서 이제 막 대학에 입학한 신입생이 선배 소개팅 못 시켜 준다고 칼같이 자르기도 그렇잖아. 별별 생각이 뇌리를 스쳐 목덜미를 타고 흘러내렸다. 따스한 봄바람이 소매 끝을 휘감는데도 등줄기는 서늘해졌다.

그래도 할 말은 더 늦기 전에 해야 하는 법. 비록 내가 마음이 약해 거절을 잘 못하고, 좀 어리바리하기는 하지만 할 말을 미루는 스타일은 또 아니었다.

"저기, 선배…… 그러니까……."

"응, 그래. 솔직히 의진이 네가 뭐 키도 그렇게 큰 편은 아니고, 청순가련한 외모도 아니고, 애교도 별로 없는 것 같기는 해. 좀 많이 부족하긴 하지."

"아, 그래서 말인데요…… 제 주변에는…… 선배가 마음에 들어 할 만한 친구가 없어서요…… 아무래도……."

"뭐 내가 솔직히 예전까지는 눈이 참 높았거든. 그런데 요즘은 그냥 의진이 너 정도도 사귀면 괜찮을 것 같다는 생각이 들더라구. 착한 것 같고 나름 똑똑하기도 하고."

"아, 그래서 정말 미안해요. 제 친구들도 저랑 그냥 다 엇비슷해서 아무래도 선배 마음에는 차지 않을 거 같아요……. 소개팅시켜 드리기 어려울…… 듯해요……. 미안해요, 선배."

그가 걸음을 멈추고 입을 헤 벌리고는 나를 바라보았다. 그 모습을 보자 진심으로 그에게 미안해졌다. 기껏 밥 사 주고 대학 생활에 대해서도 아낌없이 조언해 주고, 캠퍼스 구석구석 안내까지 해 주었는데, 소개팅 부탁을 칼같이 자르다니. 아무래도 싸가지 밥 말아 먹은 후배로 동네방네 소문날 것만 같아서 마음이 영 불편했다. 그래서 진심을 담아 미안하다고 말했다.

"정말 미안해요. 다음에 정말 선배가 말한 조건에 맞는 사람을 알게 되면 소개팅시켜 드릴게요."

그는 아무 말도 하지 않았다. 어느덧 우리는 문과대 건물에 이르렀고, 마침 과사무실에 볼일이 있던 나는 깍듯하게 허리 숙여 인사를 했다.

"오늘 밥 사 주셔서 감사했습니다. 그리고 좋은 말 많이 해 줘서 그것도 고마워요. 안녕히 가세요."

화창한 바깥과 달리 문과대 건물 안은 스산했다. 절로 몸이 떨렸다. 과사무실로 향하는데 기분이 개운하지 않았다. 어쩐지 뒤에서 선배가 싸가지 없다고 나를 욕하고 있을 것만 같았다. 소개팅 못 시켜 주겠다고 너무 단칼에 자른 건 아닌가 싶어서 후회도 좀 되었다.

그의 말이 고백이었다는 걸 깨달은 건, 그로부터도 아주 한참의 시간이 흐른 뒤였다. 어느 날 문득 그의 말이 떠올랐고 다시 생각해 보니 말의 요지는 이랬다.

"알고 보면 내가 눈이 무지 높은 사람이거든? 넌 거기에 한참 미치지 못하지만, 그럼에도 불구하고 내가 널 한번 사귀어 보고 싶다는 생각이 들었어. 그러니까 공연히 콧대 높이지 말고 그냥 나랑 사귀는 게 어때?"

뒤늦게 그의 말을 깨달은 순간 분노와 함께 얼굴이 화끈거렸다. 일단 말귀를 못 알아듣고 헛소리만 잔뜩 늘어놓은 나 자신에게 화가 났다. 그에게 폐부를 깊숙이 찌르는 일갈을 날리지 못한 것도 후회되었다. 그의 말들은 전형적인 '후려치기' 수법에 불과했다. 나비처럼 날아 벌처럼 쏘아붙이고 영화 속 여주인공처럼 멋지고 폼 나게 휙 돌아서서 또각또각 구두 소리를 내며 걸어갔어야 했는데 말이다. 그런데 도리어 소개팅 못 시켜 줘서 미안하다고 거듭 사과까지 하다니. 자다가도 그날 일이 떠오르면 화가 나고 쪽팔려서 이불을 걷어찬 게 한두 번이 아니다.

두고두고 쪽팔렸다. 하지만 이미 버스는 떠났다. 다시 선배를 보게 되더라도 그때 일을 상기시키며 어쩌구 저쩌구 시전해 봐야 내 모양새만 더 빠질 터였다. 다행히 선배는 다음 학기에 입대해 더는 마주칠 일이 없었다.

이후 연애다운 연애 한번 못하고 학교를 졸업했다. 아무래도 첫 단추부터 잘못 꿰어진 탓일까. 첫 끗발이 개끗발이라고 누가 그랬나? 처음의 재수(財數)가 마지막까지의 운(運)을 결정하는 법. 처음 받은 고백이 최악의 고백이었으니, 아무래도 내 연애사가 지나치게 깨끗한 것은 첫 끗발 탓이 아닐까 싶다. 염병할.

여자가 맞을 짓을 했겠지

대학 시절, 우리나라 최고(?) 대학에 다닌다는 남자랑 미팅을 한 적이 있다. 두 번째 만났을 때였다. 아마 대학을 구경시켜 준다고 해서 그의 대학에 갔던 걸로 기억한다. 캠퍼스가 워낙 넓어 설렁설렁 걸었는데도 금세 지쳤다. 학교 밖으로 다시 나가기로 했다. 학교 안 한 정류장에서 버스를 기다리고 있을 때였다.

우리 바로 옆에서 한 커플이 싸우고 있었다. 남자는 점점 더 언성을 높이다 화를 주체 못해 씩씩 거친 숨소리까지 내고 있었다. 반면 여자는 시종일관 겁먹은 목소리로 조심조심 말을 이어 가고 있었다.

"그러니까 말해! 어제 몇 시에 들어갔어?"

"아까 말했잖아, 도서관에서 나와 9시에 집에 들어갔다고."

"다시 묻는다. 어제 몇. 시. 에. 들어갔냐고?"

"정말 왜 이래, 말했잖아. 9시 정도에 들어갔다고……."

"너, 자꾸 내 성질 돋울래? 응? 집에 들어갔다는 시간, 근데 그 시간에 왜 전화를 안 받은 거야?"

"아까도 말했잖아. 전화기 잘못 놓인 줄 모르고 씻고 바로 잤다고."

그러자 남자가 이를 앙다물고는 한 마디 한 마디 뚝뚝 씹어 먹듯이 말했다.

"핑계도 같잖은 걸 핑계라고 대네. 야, 이 #$@^%%$*#@^(욕임). 너 솔직히 말해?! 다른 놈 만나고 늦게 들어간 거잖아!"

여자가 울먹이며 말했다.

"아니라고 했잖아. 정말 매번 왜 그래? 내가 정말 다른 남자 만날 거라면 너랑 헤어지고 만날 거야. 그러니까 제발 이러지 마. 정말 미칠 것 같아."

대화를 엿듣고만 있었는데도 오이지 담글 때 눌러 놓는 커다란 돌덩이 하나가 심장에 턱, 하고 얹히는 느낌이었다. 아, 저 정도면 헤어지는 게 답인데, 여자가 남자를 많이 사랑하나 보군, 이런 생각이 들었지만 그 생각을 하고 나니 오히려 커다란 돌덩이 하나가 더 심장에 얹히는 것만 같았다.

그때였다. "짜악!" 헉, 하고 소리 나는 쪽으로 돌아보니 여자가 시멘트 바닥에 쓰러져 있었다. 그리고 남자의 씩씩대는 거친 숨소리가 내 귀로 파고들었다. 남자 입에서는 험하고 인신 공격적인 말들이 쉼 없이 쏟아져 나왔다. “%$#^&%&((@#$@@!$#@#***@#$&^%$$#!##%@” 바닥에 쓰러져 정신을 못 차리고 있는 여자는 ‘바닥을 닦는 도구’로 몰렸다가 ‘더러운 그 무엇’으로 전락했다가 심지어 ‘집에서 기르는 동물’보다 못한 존재로 낙인찍히고 있었다. 나라는 인간은 그때나 지금이나 위기나 응급 상황에 강한 사람이다. 바로 옆에서 멀뚱멀뚱 구경만 하고 있던 미팅남에게 다급하게 소리쳤다.

“좀 말려. 경찰에 신고하던가!”

당연히 그가 내 말에 정신을 차리고 재빠르게 뭐라도 하리라 믿었다. 그런데 뜻밖의 말이 그의 입에서 흘러나왔다.

“놔둬. 사랑싸움이야. 그리고 뭐, 여자가 맞을 짓을 좀 했겠지. 남인 우리가 끼어들 필요 없어.”

그 말에 나도 모르게 입이 쩍 벌어졌다. 어찌나 기가 막히던지 입이 벌어지다 못해 벌어진 입가로 침까지 주르륵 흘릴 뻔했다. 그러는 잠깐 사이에 버스가 왔고, 좀 전에 여자를 때린 남자가 시멘트 바닥에서 겨우 일어나 훌쩍거리고 있는 여자를 끌고 버스에 올라탔다. 속절없이 끌려 간 여자와 그녀를 낚아채서 올라탄 남자를 싣고 버스는 휘잉 하고 출발했다.

그 순간, 머릿속에서는 번개가 요동쳤다. 방금 전 여자를 개

패듯 했던 남자에 대한 충격 때문이 아니라, 지금 내 앞에 서 있는 놈의 입이라고 뚫려 있는 곳에서 흘러나온, 믿을 수 없는 한 마디 한 마디 때문이었다. 그 말들이 스파크를 일으켜 머릿속에서 번개가 잇달아 치고 있었던 거나.

그의 말에는 왜곡된 사고와 그릇된 가치관 등이 켜켜이 쌓여 있었다. 어디서부터 어떻게 잘못된 건지, 이 인간을 가르쳐서 고쳐 쓸 수나 있는 건지 가늠조차 되지 않았다. 나는 여전히 입만 벌린 채 서 있었다.

때마침 또 다른 버스가 도착했다. 계획대로라면 우리는 녹두거리로 가는 버스를 타야 했다. 이 버스는 아니었다. 하지만 나는 놈이 다른 곳을 보는 사이 잽싸게 버스에 올라탔다. 곧 문이 닫혔고, 버스가 출발했다. 그제야 이 광경을 보게 된 놈은 어어 하면서 손을 흔들었지만 다행스럽게도 운전사 아저씨는 그를 보지 못했다. 버스 뒤 창문으로 보니 그가 손을 흔들면서 계속 뭐라 하는 모습이 보였다. 하지만 내게 그 소리는 들리지 않았다. 그제야 나는 안도의 숨을 내쉬었다.

그가 터진 입이라고 말 같지 않은 걸 흘려보내는 사이, 본능이 빠르게 내 귀에 대고 속삭였던 거다.

'도망쳐, 도망치라구. 뒤도 돌아보지 말고 어서!'

이후 다시는 그의 연락을 받지 않았고, 연락하다 지쳐 우리 학교로까지 찾아온 그에게 차갑게 말했던 걸로 기억한다.

"믿을 수 없겠지만 나한테 유전병이 있다는 걸 알았어. 심지어 전염도 된다고 하네? 수술도 한 열 번쯤 해야 하는데, 알고 있는지 모르겠지만 우리 집 형편이 좀 그렇잖아. 혹시 너 돈 좀 있니? 한 천만 원 정도 빌릴 수 있을까? 아, 물론 언제 갚을지는 잘 모르겠어. 하지만 10년이 걸리든 20년이 걸리든 꼬옥~ 갚을게. 설마 네가 나한테 이자 받을 생각을 하지는 않겠지. 원금은 몇십 년에 걸쳐서라도 꼭 갚을게, 응?"

그러나 며칠을 고민해 준비해 간 말들은 채 절반도 하지 못했다. 그는 절반을 듣기도 전에 숨을 크게 내쉬면서 이렇게 말했으니까.

"아, 우리 엄마가 유전병은 안 된다고 했는데."

내가 들은 그의 마지막 말이었다. 그러니까 세 번째 만남이 마지막이었고, 지금은 그의 얼굴조차 기억나지 않는다. 아주 시간이 많이 흘러 그와 같은 학교에 다녔던 친구에게서 그의 소식을 들었다. 그가 친구들 모임에 결혼할 여자를 데려왔는데, 다 같이 식사하는 자리에서 둘이 다투는가 싶더니 짜악 하는 소리를 듣는 상황에까지 이르렀다는 것이다. 여자는 쿠당탕 소리를 내며 의자와 함께 쓰러졌고 겨우 일어나 훌쩍거렸다고 한다. 그러자 놈은 갑자기 영화의 한 장면처럼 여자를 확 끌어안더란다. 그 자리에 있던 많은 이가 이게 뭔 상황인가 싶어 어리둥절해하는 사이에 그는 울고 있는 여자의 어깨를 부드럽게 감싸 안고 달래면서 그 자리를 떴다고. 친구는 이 이야기를 진해 주면서 다음과 같은 말을 넛붙였다.

"자식이 무슨 영화 찍는 거 같더라고. 암튼 그 새끼 멋있어. 돈도 잘 벌고 능력도 있고. 그런데 거기다가 여자 다룰 줄도 알고 말야."

물론 이 친구 역시 "여자 다룰 줄도 알고"라는 말로 인해 내 인생의 친구 명단에서 삭제되었지만 말이다. 그래서 이후로 이놈 역시 뭐 하며 사는지 알지 못한다. 정신 차리고 잘 살고 있기를 바랄 뿐이다. 훗날 미팅남이 간혹 아내를 때린다는 소문이 계속 들려왔지만 굳이 확인해 보지는 않았다. 단지 그 역시 잘 살고 있기를 바랄 뿐이다.

믿을 수 없겠지만 '약한 자'로 오랜 시간을 견뎌 온 사람들은 본능적으로 안다. 마주치면 뒤도 돌아보지 말고 도망쳐야 하는 부류의 인간들이 있다는 걸. 그들은 처음에는 아주 상냥하고 친절하다. 센스마저 장착하고 있는 경우도 많다. 기본적으로 귀에 꿀 떨어지는 말을 할 줄도 안다. 능력도 출중해 아, 그냥 눈 감고 사는 게 좋지 않을까 하는 유혹에 빠질 수도 있다. 다른 조건 다 괜찮은데 내가 너무 유난을 떠는 거 아닐까 하는, 또 다른 자기 학대에 가까운 생각으로 쓸데없이 고민에 빠질 수도 있다.

그런데도 '약한 자'로 오랜 시간을 견뎌 온 사람에게는 '지이잉 지잉~' 하고 경고음이 들려오는 때가 반드시 온다. 그때 그 소리를 결코 무시해서는 안 된다. 소리를 듣기 무섭게 뒤도 돌아보지 말고 곧장 도망쳐야 한다. 한번이라도 뒤를 돌아보면, 금기를 어긴 자들이 늘 그렇듯 저주를 받아 인생이 소금 기둥으로 변할 뿐이다.

롯의 아내를 기억하라.

-〈누가복음〉 17장 32절

라면 먹고 갈래요?

아마도 그때, 수그린 뒤통수에서 보기 좋게 원을 그리고 있는 스물두 살 그의 곱슬머리를 쳐다보고 있었을 것이다. 별다른 의미 없이 한 올 한 올 그의 곱슬머리가 구부러지는 모양을 따라가며 마음속으로 똑같은 원을 그리고 있었겠지. 이 순간이 좀 더 오래 머물기를. 운명의 여신이 잠깐 딴청을 부리는 사이에 벼락처럼 찾아온 이 순간이 부디 아주아주 느리게 지나가기를 기도하고 있었다. 음악 시간에 배운 악곡 연주의 빠르기 중 '느리게'에 해당되는 말들만 하나씩 하나씩 떠올리면서.

아다지시모 · 렌토 · 라르고 · 아다지오 · 안단테…….

그러나 알고 있었다. 그와의 만남이 이제 거의 막바지에 다다른 것을. 그런데도 계속 미련을 버리지 못하고 느리게, 느리게를 마음속으로 주문처럼 외고 있었다.

아다지시모 · 렌토 · 라르고 · 아다지오 · 안단테…….

그때 고개를 수그리고 젓가락으로 라면 가락을 말아 올리던 그가 갑자기 웃으며 고개를 들었다. 어떤 은밀한 비밀을 나에게만 털어놓기라도 하듯이 내 쪽으로 불쑥 얼굴을 들이밀고는 특유의 부드럽고 느린 말투로 말했다.

“아마 우리 엄마, 내가 여기서 이렇게 라면 사 먹는 거 알면… 소리 지르실 거야. 집에서는 절대로 못 먹게 하거든. 영양가 없고 안 좋은 성분만 잔뜩 들었다고 말야. 푸핫~ 난 가끔 엄마가 하지 말라는 짓을 할 때면 그때마다 속이 다 후련해지고는 해.”

썩 내키지 않았지만 나 역시 그를 따라 라면을 먹는 중이었다. 그를 만날 때마다 조금만 더, 조금만 더, 우리의 시간이 이대로 계속되기를 기도하며 미루어 두었던 생각이 마침내 고개를 쳐들었다.

그는 모른다.

수업이 끝나자마자 숨 고를 시간도 없이 아르바이트 장소로 뛰어가곤 했던 나를. 거의 매일 저녁 먹을 시간이 없었을 뿐만 아니라 지갑마저 가벼웠던 나를. 제대로 차려진 밥 한 끼를 사 먹으면 이후 사흘은 내리 굶은 채 아르바이트를 가야만 했던 나를. 그래서 고른 최선의 방법이 싸고 빨리 먹을 수 있는 라면이었다는 사실을.

그는 모를 것이다.

지금 내 앞에서 저토록 해맑게 웃으며 나를 웃기려는 사람, 세상 누구보다 순수하고 무구한 사람, 엄마 몰래 라면을 사 먹는 것만으로도 진심 재미있어 하는 저 사람은 모를 것이다. 매일 저녁 라면 가락을 말아 올리며 앞으로 어른이 되면, 돈을 벌게 되면, 죽어도 라면 따위로 주린 배를 채우지는 않을 거라고, 예쁘게 차려진 식탁에 앉아 아름다운 식기에 담긴 음식을 조금씩 덜어 가며 천천히 우아하게 식사할 거라고, 결코 버림받은 개처럼 굶주림에 허겁지겁 먹지는 않을 거라고 다짐하며 울음을 참던 스무 살 나의 마음을.

그는 알지 못했을 것이다.

처음으로 밥을 사겠다고 하는 여자에게 자신은 라면이 먹고 싶다며, 굳이 싸구려 분식집으로 여자친구의 손목을 잡고 들어간 그날이 같이하는 마지막 식사가 되리라는 것을. 지닌 돈이 적은 만큼 그물에 걸려 펄떡거리는 등 푸른 생선처럼 자존심만 퍼렇게 살아 있던 그녀를 배려했던 마음이 결국 그녀와 헤어지게 만들리라는 것을 말이다.

국물만 떠먹던 나는 젓가락을 내려놓았다. 정말 맛있게 후루룩거리면서 먹는 행위에 집중하던 그가 눈이 부신 듯 나를 바라봤다.

"왜에~ 그렇지 않아도 말랐는데 좀 많이 먹어."

목구멍에 라면 가락이 걸린 것 같았다. 침을 삼켜도 내려가지 않았다. 목울대가 칼로 찢기 듯 아팠다.

"나, 라면 먹기 싫어. 라면 안 좋아해. 오늘은 라면 안 먹으려고, 그래서 아르바이트 월급봉투, 그거 통째로 들고나왔어. 그런데 이렇게 선배가 라면을 시킬 줄은 몰랐어."

그는 이마로 흘러내린 곱슬머리 한 올을 라면 가락 말아 올리듯 꼬면서 나를 응시했다. 선량하고 투명한 눈. 그의 눈이, 눈동자가 흔들렸다.

"매일 라면을 먹길래, 좋아하는 줄 알았어. 몰랐어. 미안해, 정말 미안해."

그가 미안해할 일은 아니었다. 태초부터 신은 그와 나를 다른 재료로 만들었다. 라면을 싫어하는 내가 왜 매일 라면만 먹는지를 그에게 설명하는 것보다 그가 자신의 전공인 의학 관련 지식을 국문학도인 나에게 설명해 주는 편이 훨씬 더 빠르게 이해될 터였다.

그가, 미안해할 일이 아니다, 라고 생각하며 자리에서 일어났다. 계산을 마쳤고, 천천히 식당을 나서는 나를 그가 황급히 따라왔다.

"미안해, 진짜 미안해. 처음부터 너한테 미리 물어볼걸. 내가 생각이 짧았어."

'네가 미안해할 일이 아니야. 넌 아마, 늘 돈이 부족해 쩔쩔매는 내가 보였을 거고, 거의 늘 네가 내다 처음으로 내가 돈을 내겠다고 하니 마음이 불편했을 거야. 하지만 자존심밖에 가진 게 없는 내게 그러지 말라고 할 수도 없었을 거고, 그래서 가장 싼 분식집으로 가자고 했겠지. 그리고 평소 내가 즐겨 먹는다고 생각했던 라면을 시킨 거고. 그러니까, 우리는, 여기서, 이제, 그만, 헤어져야 해'라고 생각을 굳히는 순간, 심장이 뜯겨 나가는 것 같았다. 그 통증이 온몸으로 퍼져 나갔다. 아프다. 모세혈관 하나하나 바늘로 찔리는 것처럼 고통스러웠다. 목구멍에는 여전히 라면 가락이 걸려 있고.

그가 조금만 덜 착했더라면, 그리고 나의 자존심이란 녀석이 조금만 더 유순했더라면 어쩌면 우리는 다른 연인들처럼 웃고 재잘거리며 마주 잡은 손을 더 꽉 쥔 채 같은 방향을 보며 오래 걸어갈 수 있었을지도 모른다. 하지만 그는 지나치게 선량했고, 스무 살의 나에겐 자존심이 전부였다. '혈관 속을 미친개처럼 뛰어다니던' 그 알량한 자존심.

길모퉁이를 돌아서면 갈림길이 나올 터였다. 죽어도 승용차 따위는 타지 않겠다는 고집 센 나 때문에, 나를 만날 때면 집에서 사 준 차도 가지고 오지 못하던 그였다. 그의 집으로 향하는 버스 정거장은 나의 반대편이었다.

운명의 여신은 그다지 인내심이 강하지 않았나 보다. 나에게 허락된, 행복한 시간은 이미 다 끝나 버렸다. 어디선가 낄낄거리며 나를 비웃고 있는 그녀의 탁하고 쉰 웃음소리가 들려오는 듯했다.

스쳐 가는 불길함을 애써 누르며 그가 말했다.

"우리 다음엔 더 맛있는 거 먹자. 이번에 네가 샀으니까 다음엔……."

"그럴 일 없어."

"무슨……."

"그럴 일 없다고."

"오늘은 내가 잘못했어. 너도 알잖아. 나 눈치 없고……."

"아니야, 선배가 잘못한 건 하나도 없어. 그냥 내 성질머리가 못돼서 그래. 우리 집은 대가족이라 집으로 전화해도 내가 받기 어렵고 눈치가 많이 보여요. 전화도 하지 마. 그동안 맛있는 거 사 주고, 영화 보여 준 거 고마워요. 선배 공부 열심히 해야 하잖아. 그동안 나 때문에 까먹은 시간 아까울 텐데."

그 순간, 그가 후우욱~ 하고 크게 숨을 들이키는 소리가 들렸다. 그러고는 갑자기 소리를 질렀다.

"시간 아깝지 않아. 하나도! 하나도! 하나도!"

그의 눈을 봐서는 안 된다. 순하게 반달 모양으로 구부러진 그의 눈을 봐서는 안 된다. 죽이고 싶지 않은데 총을 쏴야만 하는 포수처럼, 한없이 선량한 사슴을 닮은 그의 눈을 들여다보면서 방아쇠를 당기는 짓은 차마 할 수 없었다.

운명의 여신이 정해 놓은 시간은 이미 끝났고, 이제 내 행복이 퇴장해야 할 시간이 왔다. 몸을 돌려 반대 방향으로 뛰어갔다. 길을 건넜고, 마침 버스가 왔다. 버스가 출발했고, 급하게 올라탄 나는 애써 창밖을 보지 않았다. 구르는 바퀴를 따라 유리창이 덜컹거렸다. 유리창이 덜컹거릴 때마다 늦가을 스산한 바람이 창문 틈을 비집고 들어왔다. 창에 기댄 내 얼굴이 뿜어내는 입김으로 차창이 뿌옇게 흐려졌다.

그제야 뱃속 어딘가에서 소용돌이치던 서러움이 목울대를 치고 올라왔다. 끄윽, 끄윽, 끄으윽. 타이어가 시멘트 바닥에 쓸리는 것 같은 소리가 음산한 적막이 흐르는 버스 안에 균열을 냈다.

낡은 버스 안엔 승객이 몇 명 없었다. 늦은 밤이라 조도도 한껏 낮춰 승객들의 얼굴도 잘 보이지 않았다. 그 안에서 스무 살의 나는 울었다. 살아온 날보다 살아갈 날이 많다 해도 그 순간만큼은 죽음을 앞둔 것처럼 고통스러웠다. 버스가 흔들릴 때마다 머리가 유리창에 부딪혔다. 창틈으로 스멀스멀 기어들어 오는 차가운 바람이 턱 끝에서 섬뜩하게 감겼고, 끝이 보이지 않는 절망 때문에 손가락 하나하나가 망치로 찍힌 듯이 아팠다. 아파서 울고, 울어서 아팠다.

그날 같은 늦가을 밤, 영화 〈봄날은 간다〉를 보고 있었다. 은수가 자신을 바래다주고 돌아서는 상우를 유혹하며 불러 세웠다.

"라면 먹고 갈래요?"

남자는 그녀의 말에 이끌려 아파트로 들어갔다. 김치를 잘 담근다는 그녀의 말과 달리 라면조차 어설프게 끓여진 식탁 앞에서 라면이 식어 가는 동안 둘은 서로의 몸을 탐하기 시작했다. 어색하게 부딪치는 입술, 허겁지겁 가슴을 더듬다 등줄기를 지나 그녀의 허벅지로 내려가는, 그녀의 라면보다 더 어설픈 남자의 손.

적막하고 스산한 거실에서 고슴도치처럼 몸을 동글게 말고 앉아 화면을 뚫어져라 응시하던 내 입에서 그들의 신음 소리와 다른 종류의 탄식이 조그맣게 흘러나왔다.

'아, 라면이 이별의 방아쇠가 아니라 유혹의 도구로 쓰일 수도 있는 거였구나. 하지만 그 푸르던 날에 나는 라면 때문에 헤어졌었지.'

삶은 우연의 연속이고 예측할 수 없기에 의미가 있다고 하지만, 참담하고 잔인한 기억 탓에 나는 이제 더는 라면을 먹지 않는다. 스무 살 가난의 기억과 이별의 기억 중 어떤 것이 더 강하게 내 심장에 새겨져 있을까. 모르겠다.

어제 미워하던 사람에게서 오늘 위로를 받을 때

한의원에 갈 때마다 시간이 '순삭'된다. 침 맞고 물리치료 받고 다시 찜질하고, 그러고 나서 사혈 빼고(일명 부황) 마지막으로 추나 치료까지 받고 나면 어느샌가 한 시간 반이 후딱 지나가 있고는 한다.

가장 싫은 게 사혈 빼는 건데, 마치 재봉틀 밟는 것 같은 소리가 들린다. 그러면 나도 모르게 몸을 옹송그린다. 그 소리는 언제 들어도 소름이 돋고 께름칙했다. 바늘 수십 개가 신나게 원을 그리며 요란하게 "트다다 타타타타타" 하면서 살갗을 박아 대는 소리를 듣노라면, 내 몸에 작은 구멍 수십 개가 아니라 아예 싱크홀이 생기는 게 아닐까 하는 의심마저 든다.

이런 심정이다 보니 부황 뜰 때마다 긴장과 두려움 탓에 어깨며, 등뼈 마디마디며, 손가락이며 온몸이 뻣뻣해진다. 당연히 할아버지 원장 선생님이 혼을 낸다. 긴장 풀라고, 매사 그렇게 긴장하고 사니까 온몸의 기가 다 위장 쪽으로 모여 위장이 돌덩이처럼 굳어 있지 않느냐면서.

나 참, 내가 뭐 긴장하고 싶어서 긴장하니, 할아버지가 그렇게 화내면서 무지막지하게 바늘을 박아 대니 그렇지, 라고 구시렁거리고 싶었지만, 그러면 부황 한 번 더 뜰까 봐 낑낑거리며 참고 만다. 이틀에 한 번 꼴로 가야 하는지라 이젠 등판 곳곳에 성한 곳이 없을 지경이다.

재봉틀 돌아가는 소리를 들으며 생각한다. 솔직히 태어나서 일할 만큼 일했다. 주말에도 제대로 쉬어 본 적이 별로 없다. 만나는 사람들한테 최선을 다했으면 다했지 내 이득 찾아 챙기겠다고 이리저리 따져 본 적도 없다. 상대가 내 뒤통수를 쳤으면 쳤지 마음 약해서 먼저 배신한 적도 없다. 그저 평생 소같이 우둔했다는 변명이다.

이래저래 되새겨 봐도 지금 당장 죽은들 아쉬울 건 없을 성싶었다. 사는 게 뭐 별거냐, 태어나서 한 사람 몫의 일은 너끈히 해냈고, 능력 부족으로 주위 사람들을 서운하게 하거나 못 챙겼으면 못 챙겼지, 내 것 챙기느라 남들 힘들게 한 적은 없으니 자책할 것도 없다. 그 다음 죽고 사는 건 하늘이 정한 대로 받아들이는 게 순리고 원칙이다. 애들 다 컸고, 평생 남들 벌 만큼 벌었고…. 이제 내 삶이 막다른 골목에 이른다 해도 뭐 그냥저냥 괜찮다고 생각하며 들들거리는 재봉틀 소리를 듣는다.

한의원에 갈 때마다 사혈 빼는 것만큼 싫은 게 있다. 주차장 입구에서 안내하는 분과 대면하는 일이다. 그분은 첫날 보자마자 반말을 했다. 반말만 한다면야 연세가 좀 있는 분이니 그런가 보다 하고 말았을 텐데, 꽤 불편한 말을 아무렇지도 않게 던지는 게 아닌가. 그래서 주차할 때마다 알게 모르게 스트레스를 좀 받았다.

첫날 일이다. 주차할 곳을 예의 갖춰 물었는데, 다짜고짜 반말이다.

"어디가 아파서 온 거야?"

아, 여기는 아픈 곳부터 먼저 말해야 주차 허락을 받는 곳인가? 반감이 일었지만 상냥하게 자분자분 대답했다.

"교통사고를 당했는데 오른쪽으로 전부 다 통증이 심해서 제대로 일하기 힘들어서요."

그러자 대뜸 또 이런다.

"아, 여자가 무슨 운전을 하고 다니면서 사고를 내고 그래?

그리구 오래 걸려?"

오래 걸릴 것 같다고 말하고 건물 안으로 들어가는데 기분이 마뜩찮았다. 여자는 운전도 하면 안 되는 건가? 게다가 그 사고는 내가 낸 것도 아닌데, 이런 생각이 들자 욱하면서 올라오는 게 있었지만 한두 번 겪은 일이냐, 참자, 하고 말았다. 여자는~, 여자가~, 여자니까~ 이런 주어로 말을 시작하는 남성들은 1단 반말부터 하고, 2단 가르치려 들고, 3단 여자는 남자라는 존재보다 아주 부족하단 식으로 후려친다. 이런 인간들 말에 일일이 대꾸하려다가는 정작 내 일을 못 보니 무시할 수밖에 없다. 이번에도 그래, 얼른 치료나 받고 돌아가자며 마음을 다스렸다.

두 번째 날이었다. 주차하고 나오는데 또 훈수에 반말이다.

"아, 좀 일찍 다녀. 이 시간에 오면 차가 많아서 주차 안내하는 게 얼마나 힘든지 알아? 주부가 집에서 할 것도 별로 없을 텐데 뭐 이렇게 늦은 시간에 오고 그래. 다음부터는 오후 한두 시 정도에 와."

다시 또 욱했지만 이번에도 꾸욱 누르고 네, 대답만 하고는 건물로 들어갔다. 그 다음에 또 그러기에, 직장 때문에 그 시간에는 오기 어렵고 야근도 많은 곳이라 이 시간에 맞춰 오는 것도 사실 굉장히 어려웠노라고 사정을 말했지만, 할아버지는 여전히 못마땅한 표정이었다. 여자가 무슨 직장에 다닌다고 그래, 그래 봐야 화장품 사고 옷 사 입고 가사도우미 쓰고 하면 남는 것도 없을 텐데, 하면서 또 구시렁거렸다. 못 들은 척하고는 엘리베이터를 잡아타고 진료실로 올라와 버렸다.

대여섯 번 가서 어느 정도 얼굴을 익히게 된 어느 날이었다. 치료받은 후 주차된 차에 올라타는데 다시 반말로 묻는다. 다음에는 언제 오느냐고. 지난번처럼 일찍 좀 오라고 퉁을 놓으려는 줄만 알고 변명하듯, 직장에 눈치 보여 조퇴는 어렵고 그러니 또 늦은 이 시간에 올 수밖에 없노라 대답하는데, 할아버지 표정이 평소와 좀 달랐다. 눈빛에 안쓰러움이 배어 있었다.

"아프지 마. 아프면 자기 손해야. 거 사는 것도 팍팍해 보이는데 왜 사고까지 당해서 그래. 얼른 나아."

무심결에 흘려듣고 운전대를 잡았는데 갑자기 눈물이 왈칵 쏟아졌다. 어떤 사람이 스쳐 지나갔다. 교통사고 이후 입원 날을 포함해 5일이 지나는 동안 그 흔한 안부 한 번 안 묻고 복도에서 마주쳤을 때도 심상하게 지나가던 그 사람 말이다. 그 사람은, 사람들이 많이 모여 있는 장소에서 나와 마주쳤을 때는 남들 보란 듯이 아주 자상한 표정과 친절한 말투로 좀 괜찮으냐고, 차도는 있느냐고 물어, 인간에 대한 환멸에 울고 싶게 만들었다.

그 사람에게 중요한 건 내가 죽거나 다치거나 아프거나 한 것이 아니었다. 남들에게 자신이 어떻게 비쳐지느냐였다. 평소 부드러운 매너로 호인(好人) 소리를 듣는 사람이었지만, 그 일로 나는 그의 위선을 보게 되었다. 사회생활이 뭔지 모르지 않는 나인지라 평소 같으면 같이 웃으면서 아유~ 걱정해 주셔서 고마워요, 했을 텐데 그날은 몸이 안 좋으니 생각과 심장이 따로 놀았다. 나에 대한 걱정이라고는 눈곱만큼도 보이지 않는 그 사람의 표정에서 가식과 이중성만 보여 감사하단 인사 대신 온몸을 부르르 떨었을 뿐이다.

그런데 평소 차별이 켜켜이 쌓인 반말들로 나를 불편하게만 하던 분이 느닷없이 던진 말 한마디, 그 한마디가 던져 준 진심 때문에 속수무책으로 무너졌다. 결국 울면서 집까지 운전했다.

사람은, 사람이란 참 알 수 없는 존재다. 이런 생각을 하자 문득 더 살고 싶어졌다. 어서 집으로 돌아가고 싶었다. 가족들과 함께 쩝쩝거리며 밥을 먹고, 후루룩 차를 마시고, 시시껄렁한 농담을 하다 재미없다고 짜증을 내고, 다시 낄낄거리다가 잠 자러 방으로 들어가는 일상을 좀 더 오래도록 보내고 싫어졌다.

사고를 당한 직후, 한의원 치료를 받으면서 지금 죽어도 여한이 없다고 속말하던 게 누구였더라. 사람은, 사람이란 참 알 수 없는 존재다.

슬픔의 뿌리

새벽이면 깬다.

몇 달 전보다는 좀 나아졌지만, 여전히 새벽이면 잘 벼리어진 칼로 위벽이 깎이는 듯한 통증이 도져 잠을 이룰 수 없기 때문이다. 꾸준히 약을 먹고, 금주를 하고, 될 수 있으면 일찍 퇴근해 야근 등으로 학대받던 몸을 달래는데도 위는 좀체 좋아지지 않았다.

결국 위산 역류로 식도가 상해 목소리가 나오지 않는 지경에까지 이르렀다. 목에서 쇳소리가 났다. 전직 대통령의 목소리가 연상돼 싫다.

수업은 해야겠기에 뱃속 바닥에서부터 소리를 끌어올리고 숨구멍이란 숨구멍은 죄다 열어 가면서 안간힘을 썼는데도 목에서는 쉐액 쉐액 소리만 새어 나왔다. 성대 이상으로 퇴직한 선생님도 보았고, 수술 후에도 나아지지 않아 오래 병가를 쓰고 있는 동료 선생님도 있다. 덜컥 겁이 나 병원에 갔다. 동네에서는 그래도 이름이 알려진 의사라고 했다.

의사는 나를 쳐다보지도 않고 말했다.

"입 벌리세요. 그리고 구역질이 치밀면 배로 호흡하세요."

가늘고 긴 뾰족한 관이 코로 들어오더니 벌어진 목구멍을 타고 한 마디씩 밀고 내려왔다. 구역질이 났다. 벌어진 목구멍이 저절로 닫히는 느낌이 들었다. 전혀 감정이 실리지 않은, 건조하고 메마른 목소리로 의사가 말했다.

"이, 라고 소리를 내세요. 그러면서 숨을 쉬세요."

이제 막 걸음마를 배우는 아이처럼 시키는 대로 침을 삼키고 배를 움직여 이, 소리를 내며 숨을 쉬려고 했다. 이번에도 구역질이 났다. 무자비하게 밀고 들어오던 그 관은 이번에는 거꾸로 슬금슬금 목구멍을 거쳐 코를 통해 빠져나왔다. 의사가 내시경 사진을 보여 주면서 말했다.

"알고 계시지요? 지난번에도 같은 증상으로 방문하셨던데. 역류성 식도염이에요. 성대는 깨끗해요. 문제는 성대가 오므라들어야 할 때 다 오므라지지 않는 겁니다. 보여요? 여기 식도가 심하게 부어 있는 거? 새벽에 속 쓰리지 않아요? 밤에 잘 때 특히 기침이 심해지죠? 가끔 심장께에 불이 붙는 것처럼 화끈거리구요. 이렇게 식도가 부어 있으니 성대에서 소리가 잘 안 나오는 거구요. 식도가 심하게 부었어요."

마치 지은 죄라도 있는 것처럼 얌전히 말을 듣고 있었다. 여전히 차트만 보면서 의사는 말을 이어 갔다.

"튀긴 음식, 고기류 이런 거 될 수 있으면 먹지 마세요."

조신하게 네, 라고 대답했다.

"달고 짜고 매운 것도 피하세요."

어차피 그런 것들은 좋아하지도 않아요, 라고 속으로 말했다.

"당연히 술도 안 됩니다."

순간 움찔했다. 이제 지친 하루를 혼술로 위로받는 것도 포기해야 하나 하면서 아쉬워하는 찰나 더 심한 주문이 들어온다.

"커피 끊으세요."

잠시 어딘가를 떠돌고 있던 의식이 돌아왔다. 나는 고개를 들고 버석거리는 목소리로 정해진 말만 읊어 대는 의사에게 느리지만 또박또박 물었다.

"재미없고 의미도 없고 심심하게, 별다른 낙도 없이 오래오래 사는 게 나을까요, 아님 적당히 행복하고 즐겁게 하고 싶은 거 하다가 일찍 죽는 게 나을까요?"

그때 처음으로 의사가 내 쪽으로 고개를 돌렸다. 의사가 설핏 미소를 지었다고 생각한 건 내 착각이었을까. 의사가 좀 누그러진 목소리로 천천히 말했다.

"밤에 잘 자요?"

영문을 몰라 멍하니 의사를 바라보았다.

"가끔 우울하고, 그래서 사는 낙이 없다 느끼지 않아요?"

할 말이 없다. 의사가 처음으로 부드럽게 웃는다.

"일을 좀 줄이세요. 그리고 커피도 끊어요. 과로와 우울로 지쳐 있어요."

가슴에 뜨거운 것이 차올랐다.

"어떤 게 더 나은지 물었지요? 그래도 오래 사는 게 나아요. 세상은, 점점 좋아져요."

그 말이 내 수명을 3년쯤 늘려 주었으리라. 이 말이 아니었다면 집에 돌아오자마자 와인 잔부터 꺼내 막걸리를 가득 채워 서너 잔 정도는 단숨에 들이켰을 테니까. 과학과 의학이 강제로 숨을 연장해 놓은 시간들이 무슨 의미가 있을까 하고 회의감에 젖어 있던 시기였다. 무의미한 절제와 간절하지만 공허한 인내가 가져온 의미 없는 수명 연장이 내게 무엇을 줄 것인가 묻던 때였다. 하지만 의사의 그 말 덕분에 그날만은 알코올의 힘을 빌리지 않고 잠을 청했다.

지금도 새벽 세 시가 넘으면 알람 소리라도 들은 것처럼 눈이 떠진다. 그러면 가슴에 불이 붙는 듯한 통증이 밀려와서 더는 잠들지 못한다. 몸을 이쪽저쪽으로 비틀어 대며 동이 틀 때까지 버틸 뿐이다.

그러나 정작 나를 슬프게 하는 건 그 통증이 아니다. 앞으로 이런 시간들에 익숙해져야 할 것 같다는 서글픈 예감이다. 통증이나 불면과 친해져야 하는 삶. 세월이 거꾸로 흐르지는 않으니 나이는 들어 갈 테고, 몸에는 나이테가 생겨 어디선가 끊임없이 고장이 날 것이다. 육체뿐 아니라 뇌마저 벌레에 갉아 먹히듯이 변해 가 둔해지거나 망가지리라. 손가락 사이로 속절없이 빠져나가는 모래알을 바라보듯이 내 존재가 낡고 스러져 가는 걸 목도해야 하리라.

예전엔 죽음이 두려웠는데, 이젠 '망가짐'이 더 두렵다. 공포를 느낄 정도다. 종국에는 내게도 다른 누군가의 선의와 친절에 기대야만 하루가 연장되는 삶이 닥칠 터인데, 아직 '사라지는 삶'에 대한 준비가 안 되어 있나 보다. 사라지는 삶에 대한 공포는 너무나도 섬뜩해서 차라리 죽음이 더 자비롭다는 생각마저 든다. 이를 보더라도 이미 내 삶은 '늙음'이 지배하는 영토로 들어선 것이리라.

'오늘'은 다시 돌아오지 않으며, 과거는 박제되었다. 차 한 잔하면서 이 일회성의 오늘에 대해 생각하며 마음을 다잡지만, 언제나 상념은 담장을 넘는다. 그 바람에 자주 식은 차를 마셔야 한다.

어설프게 맺어진 이전의 짧은 인연들은 이별하면 그뿐이었다. 그런데 모든 것을 던졌던 오래된 인연조차 크게 다르지는 않았다. 모든 관계가 속절없고 부질없다는 걸 이제는 알아 버렸다. 식은 차의 떫은맛처럼 말이다.

산다는 건 아무리 최선을 다해도 결국 모든 것은 덧없이 사라진다는 걸 받아들이는 과정이 아닐까 싶다. 그것이 삶의 불가역적인 모습이라면, 이 새벽 쓰린 속을 부여잡고 잠 못 이루는 정도는 차라리 '살아 있음'을 증명하려는 가엾고 애처로운 몸부림은 아닐까. 산다는 것이, 앞으로 살아가야 한다는 것이 그저 슬플 뿐이다.

수요일 종일 비

죽음아, 조금만 더 살살

막 세 돌이 지난 아이가 대청마루 한가운데에 앉아 신문지 조각으로 종이배와 치마저고리 접는 것을 여든 살의 증조할머니가 물끄러미 보고 계셨다. 작고 여린 손으로 금을 긋고 각을 정확하게 맞추어 가면서 종이를 접고 있는 아이를 보며 그예 끌끌 혀를 차셨다고 한다.

"오래 못 살 거여, 저년은."

아이는 자주 아파 누웠다. 주변에서 일어나는 일들을 고스란히 몸으로 받아 내다 넘치면 끙끙 앓았다. 싸움이 나거나 고함 소리가 들리면 구석에서 미동 없이 숨죽이고 있다가 밤새 앓았고, 끓는 열에 시달리며 몸을 떨었다.

처음엔 그러려니 했던 어른들은 같은 현상이 반복되고 잦아지자 근심하기 시작했다. 혀를 차던 할머니인지 증조할머니가 용하다는 점집을 찾아갔다. 용하기는커녕 돌팔이에 가까운 무당은 아이에게 신기가 있다고 했다. 하지만 신을 받을 팔자는 아니고 그저 평생 아플 거라고. 어쩌면 다 크기 전에 죽을 수도 있다고 겁을 줬다. 어른들은 무당의 의도대로 부적을 받아다가 아이의 바지 안쪽 단을 뜯고는 넣어 꿰맸다. 아이가 걸을 때마다 바지 속에서 서걱서걱 소리가 났다.

자주 아픈 것 외에도 아이는 여느 아이들과 좀 달랐다. 유난히 손이 야무졌다. 심심풀이로 접은 종이의 각도 틀어지는 법이 없었다. 다른 아이들은 골목을 뛰어다니며 소리를 지르고 싸움을 하고 울고불고 할 때도 아이는 담장에 기대어 말끄러미 그 광경을 구경만 하고 서 있었다. 그러다가 가끔 하늘을 올려다보는 것이다. 아이답지 않은 모습에 어른들 가슴이 서늘해졌다. 증조할머니는 그런 모습에 지질려 자신도 모르게 오래 못 살 애라고 내뱉었던 건지 모른다.

아이가 여덟 살 때 겨울이었다. 집 안은 눅진하고 끈끈한 공기로 무겁게 가라앉아 있었다. 증조할머니는 간경화 말기였다. 의사는 몇 달을 못 살 거라고 했다. 여든을 훌쩍 넘긴 연세니 사실 만큼 사셨다고 할 수도 있지만, 집안의 가장 큰 어르신이었다. 가족들 심장엔 저마다 돌덩이가 얹혀 있었다. 고작 몇 달이란 말에 할머니는 몰래 눈물을 찍어 누르셨고,

아이의 엄마는 종일 허둥지둥했다. 의사 왕진을 부탁하러 나가기도 하고, 미음을 쑤기도 하고, 환자가 더럽힌 이불을 며칠 간격으로 커다란 다라이에 넣고 밟아 빨기도 했다. 여기에 연년생인 딸 셋과 채 돌이 지나지 않은 갓난쟁이 넷째까지 돌봐야 했으니 매일 몸이 녹아내리던 시절이었다.

그날도 엄마는 밤늦게까지 일했던지라 잠자리에 눕자마자 기절하듯이 잠에 빠져들었다고 한다. 종전이 선언되고 나서 고향으로 돌아가려는 패잔병들처럼 몰려드는 집안일을 처리하느라 거의 탈진이 되었던 것이다. 거기다 할머니한테도 시달려 혼이 거의 나갈 지경이었던 터라 늪 바닥으로 가라앉듯 혼곤히 잠에 빠져들었다고 한다. 오후에 왕진 온 의사가, 증조할머니가 석 달을 넘기기 어려울 거라고 했는데 그 말에 할머니는 초저녁부터 눈물바람을 보이며 애꿎은 며느리만 닦달하셨던 거다.

그런 엄마가 새벽에 눈을 뜬 건 어떤 이상한 기운 때문이었다. 시퍼런 어둠 속에서 오뚝 앉아 있는 아이가 보였다. 아이는 넋을 놓고 한지가 발린 방문 쪽을 바라보고 있었다. 안 자고 뭐 하느냐며 놀란 엄마가 나무라자 아이가 말했다.

"엄마, 할머니가, 증조할머니가 새가 됐어, 하얀 새가. 그런데, 그러다가 다시 하얀 나비가 돼서 날아갔어."

그 순간 엄마 등줄기에 오소소 소름이 돋았다고 한다. 두려움에 엄마가 아이 머리를 후려쳤다. 어서 자라고, 이 새벽에 뭐 하는 거냐며 버럭 소리를 질렀다. 꽤 세게 얻어맞았는데도 아이는 울지 않았고, 더는 아무 말 없이 다시 잠이 들었다고 한다.

엄마가 들려준 이야기와 나의 기억은 달랐다. 다음은 나의 기억이다.

꿈이었다. 증조할머니가 바로 내 앞에서 걸어가고 있었다. 평소 한복을 즐겨 입으셨는데 꿈에서는 이상하게 위아래 모두 하얀 한복이었다. 할머니, 라고 부르며 걸음을 빨리하는데 이상하게도 둘 사이의 간격이 전혀 좁혀지지 않았다. 할머니, 같이 가. 기다려, 라고 소리를 질렀지만 할머니는 돌아보지 않았다. 하얀색 치맛자락이 나풀나풀 바람에 날리는 걸 보면서 뛰어야지, 뛰어서 따라잡아야지, 거기까지 생각을 하는데 하얀색 치마가 사라지고 하얀 새 한 마리가 후루룩 날아올랐다. 아, 새다. 그런데 하얀 새네. 온통 하얀 작은 새는 눈앞에서 핑그르르 한 바퀴 돌더니 여전히 일정한 간격을 두고 내 앞에서 날아가고 있었다.

할머니는 어디 가셨지. 왜 보이지 않는 거지, 하는데 새가,

갑자기 새가, 사라졌다. 그리고 그 자리엔 나비가 한 마리 날고 있었다. 하얀 나비였다. 곧 나비는 팔랑팔랑 날갯짓을 하면서 멀리멀리 날아갔다. 하얀 나비가 완전히 사라질 때까지 아득한 느낌으로 바라보다가 잠에서 깼다.

나에게 증조할머니의 마지막 모습은 이렇게 꿈의 장면들로만 남아 있다.

그날 새벽 할머니는 혼수상태에 빠졌고, 다음 날 돌아가셨다고 한다. 돌아가셨다고 한다, 라고 쓰는 건, 그 시기 기억이 내겐 별로 남아 있지 않기 때문이다. 단지 장례를 치르느라 어수선하던 집 안 분위기, 많은 사람이 왔다가 돌아가는 소리, 대문에 걸려 흔들리던 조(弔) 자가 쓰인 누런 등, 곡하는 소리, 향이 타던 냄새, 이럴 수는 없다고 끅끅거리며 집 안을 온통 뒤집던 할머니의 통곡 소리, 이런 것들만 어슴푸레하게 기억의 밑바닥에 들러붙어 있을 뿐이다.

오히려 시간이 지나도 또렷하게 떠오르는 건 현실의 장면들이 아닌, 꿈에서 본 장면들이다. 나풀거리던 하얀 한복 치맛자락과 허공에서 핑그르르 돌던 하얀 새와 그 자리에서 태어난 것처럼 포르르 날아서 영원의 시계 밖으로 사라지던 하얀 나비였다. 그것들이 영화의 스틸 컷처럼 머릿속에 새겨졌다.

처음 경험한 죽음이었다.

두 번째 죽음은 스무 살에 겪었다.

목련 몽우리가 막 터지려 하던 3월 어느 날, 그 죽음 역시 꿈으로 찾아왔다. 내가 그를 마지막으로 본 건 그 전해 10월, 미친 듯이 비가 퍼붓던 가을이었다. 헤어지면서 살아생전 그를 다시 볼 수 없으리라 생각은 했다. 하지만 그 어리고 푸른 나이에 죽음으로 영원히 이별하리라고는 상상조차 하지 못했다. 헤어진 이후에도 이 세상 어딘가에서 잘 살아가리라 믿었을 뿐이다.

꿈이었다. 친구가 보였다. 친구는 작은 나룻배를 타고 있었다. 이상했다. 내가 나룻배를 현실에서 본 적이 있었던가. 삐걱삐걱 소리가 나는 배 안에서 친구는 일렁이는 물결을 따라 웃고 있었다. 바람이 불고 나뭇잎이 포물선을 그리며 떨어지는 한가로운 가을날 풍경이었다. 마지막으로 친구를 본 날은 비가 미친 듯이 쏟아져 내리던 슬픈 날씨였는데 꿈에서는 나뭇잎이 햇빛을 받아 숲 전체가 빛이 났다. 보온병에 따뜻한 유자차를 담아서 소풍 가면 참 좋을 것 같다며 나도 모르게 중얼거렸다.

그런데 나룻배 안에서 흔들리는 그를 보고 있는데 심장이 죄어 왔다. 아렸다. 그에게 어디 가느냐고 물었다. 그는 말없이 웃고만 있었다. 가만히 보니 위아래가 하얀 한복이었다. 아, 걔도 하얀 한복을 입고 있네, 라고 생각하는데 다시 심장이 죄어 오면서 통증이 일었다. 심장에서 시작된 통증은 원을 그리며 온몸으로 퍼져 갔다. 어깨, 팔을 거쳐 손가락 마디마디에까지 이르렀다. 손가락이 꺾이는 듯 아팠다. 울었던 것 같다. 혼자 보내면 안 될 것 같았다. 같이 가자. 그가 다시 웃었다. 혼자 보내면 오래 후회할 거야, 같이 가자. 나룻배는 강물에서 흔들리고 나뭇잎이 또 뚝 하고 떨어졌다. 나는 계속 울었고 친구는 여전히 말이 없었다. 그러다가 깼다.

깨고 나서도 한참 동안 가슴에 손을 얹고 누워 있었다. 꿈속 장면 하나하나가 생생하게 살아나 뇌와 심장을 긁어 댔다. 그 후 며칠을 앓았다.

그의 죽음을 알게 된 건 그로부터 꽤 여러 달이 지나서였다. 학교 가는 버스 안에서였다. 우리 둘을 다 아는 한 친구에게서 전해 들었다. 친구는 흥미로운 뉴스를 전하듯이 말했다.

"죽었대. 가까운 친척들이 화장을 해 줬대. 양수리 어딘가에 뿌렸다던데? 여전히 걔 아버지는 행방을 알 수가 없어서 연락도 못했고. 그래서 아들 장례식장에도 나타나지 않았대. 신기하지 않니? 그 부잣집이 말야, 어떻게 망해도 그렇게 망하니?

근데 들었어? 걔 아버지가…….”

꿈에서처럼 세상은 가을이었다. 그날은 농익은 은행잎들이 핏방울처럼 뚝뚝 떨어지는 듯했다. 그림처럼 아름답구나. 상투적인 문구를 떠올렸다. 저 은행잎들이 전부 다 피라면, 아니 핏빛이라면 거리는 온통 붉은색일 텐데, 그러면 가을은 핏빛으로 기억될까. 엉뚱한 생각을 하다가 구역질이 치밀어 중간에 내렸다.

그날 다음 버스를 타고 학교에 갔는지, 그대로 다른 곳으로 갔는지는 기억나지 않는다. 단지 꿈에서 봤던 가을과 흡사한 현실의 가을 풍경을 오래도록 바라보며 앉아 있던 기억만 남아 있다. 작은 우체국이 있었고, 그 앞에 벤치가 있었다. 그 벤치에 앉아 가을이 스러져 가는 모습을 가만히 지켜보았다. 사람들이 바쁘고 무심하게 지나갔다. 두 번째 죽음에 관한 기억이다.

얼마 전, 교보문고에 갔다. 한참 책을 둘러본 후 나가는 길이었다. 매대를 훑으며 나가다 스친 책 제목에 이끌려 다시 발길을 돌렸다. 시인이자 의사인 작가가 엮은 '죽음'에 관한 책이었다. 그는 요양병원에서 10년 넘게 일하면서 7백 명이 넘는 환자의 사망진단서를 작성한 사람이었다. 그는 자신에게 '죽음'은 일상이라고 말했다. 매일 죽음의 문턱으로 내몰린 사람들을 지켜보다가 결국 그들의 눈꺼풀이 죽음의 무게를 이기지 못하고 닫히면 의학적인 죽음을 선고한다고 했다. 이런 그도 고백했다. 죽음이 두렵다고.

나도 그렇다. 강한 폭풍우 같은 죽음을 두 번 겪었다. 현실의 장면보다 꿈으로 각인된 두 죽음이 오늘도 내 발목을 잡아 불면의 늪으로 끌어당긴다. 사랑하는 사람들의 죽음이었지만 그 끝엔 두려움이 남았다. 그래서 나는 순간순간, 시시때때로 죽음을 떠올릴 수밖에 없게 되었다. 아마도 내가 맞을 죽음은 지금보다 세월의 더께가 더 앉은 미지의 그 무엇이리라. 더 늙고, 추해져 있고, 참담함을 불러일으키는. 어느 날 벼락같이 죽음으로 뛰어들었던 친구의 죽음보다 이게 더 흔한 죽음일 터이다. 그래서 더 두렵다. 스무 살에 죽음의 벼랑으로 뛰어내린 친구가 남긴 게 산산이 부서져서 파괴되는 꿈이었다면, 나의 죽음은 처량하고 쓸쓸하고 추한 모습으로 다가올 게 빤하기 때문이다.

책 속에 나온 "늙어 가는 누군가에게 작은 길이 되었으면 좋겠다"는 시인의 말이, "늙고 죽어 가는 이들을 바라보는 슬픈 누군가에게 작은 힘이 되었으면 좋겠다"는 시인의 바람이 내게 부적이 되어 줬으면 싶다. 죽음을 직면하고 늙음을 받아들이면서 천천히 자박자박 걸어갈 수 있는 힘을, 삿된 두려움을 물리치고 앞에 놓인 길을 고개 주억거리면서 받아들일 수 있는 지혜를, 진실한 통찰만이 가져다줄 수 있는 용기를 주었으면 좋겠다, 고 생각한다.

문득 어린 시절 내 바지 속에서 서걱거리던 그 부적이 떠오른다. 어린 나이에 죽을 거라는 돌팔이 무당의 말에 속아 비싸게 사 왔다던 그 부적. 아직은 죽음을 피해 살아 있으니 그 부적이 정말 영험했던 걸까.

자살 '당한' 사람들

어쩌면 새벽이 오기 전 스스로 버릴지도 모를 글을 쓴다.

마광수 교수님이 스스로 세상을 버리셨을 때 우울함이 극에 달해 헤어 나오기 어려웠다. 자기혐오와 절망으로 하루에도 수십 번 나락으로 곤두박질쳤다. 툭하면 울었다. 걷다가 느닷없이 울음이 폭발했고, 방과후수업이 끝나고 불 꺼진 텅 빈 교무실에 들어서서 우두커니 서 있다가 불현듯 통곡을 했다.

늦은 밤 퇴근길, 차 없는 내부순환로를 달리다가도 문득 떠오른 생각에 운전대에 머리를 박은 채 울었다. 그러다 가드레일을 들이받아 죽을 뻔했다. 눈물과 콧물로 뒤범벅된 얼굴로 급하게 핸들을 꺾었다. 우울과 슬픔과 고통이 끝없이 해일이 밀려오듯 끝나지 않을 것만 같았다.

마 교수님과는 물론 추억이 많았다. 대학 때 내가 속한 연극 동아리의 지도교수였고, 우리를 항상 존대해 주던 분이었다. 늘 뒤풀이 술값을 내시던 모습도 인상적으로 남아 있다. 뒤렌마트의 〈미시시피씨의 결혼〉에서 여주인공인 아나스타샤 역을 맡았던 나를 대학극 내 최고의 액드리스라며 과찬해 주셨던 분이기도 하다. 앞으로 본격적으로 연기를 하면 박정자 정도의 연기는 나올 수 있다고, 다시 돌이켜 봐도 낯 뜨거운 칭찬을 아끼지 않으셨던 분이었다.

그러나 그뿐이었다. 그분이 제자들의 존경을 얻으려 하기보다 자유로운 소통을 원하셨던 그 시대의 남다른 분이었다 해도, 또 나름 유명인이셨다 해도 기실 나와는 딱 그만큼의 거리가 있는 인연이었다. 다른 제자들에 비해 나를 더 아끼셨던 것도 아니고, 졸업하고 나서 특별히 친분을 유지하면서 교류했던 것도 아니다. 몇 년에 한 번 가는 동아리 모임에서 가끔 뵙는 정도였다. 반갑게 인사드리면 예의 그 소탈한 웃음을 지으며 어이구 오랜만이네 하는 정도의 인사를 건네던 분이었다. 그러니까 어쩌면 다른 동아리원이나 국문과 사람들 속에서 내 이름은 기억도 못하셨을 확률이 더 크다.

교수님 밑에서 석사 과정을 마친 동기 녀석들이 막 박사 과정에 들어갔을 때 그분은 당시 권력자들과 소위 사회 유력 인사들의 무식한 탄압을 받아 추락하는 중이었다. 동기들이 그분과 함께 풍비박산을 겪고 있다는 얘기를 풍문으로 들었다. 그러나 뭐가 어떻게 된 건지, 무슨 일들이 벌어지고 있는 건지 알아볼 겨를도 의지도 없었다.

당시 나는 아무 연고도 없는 강원도 횡성에서 연년생 아이 둘을 낳아 기르느라, 간간이 교정교열 아르바이트를 하면서 모자란 생활비를 충당하느라 반쯤 넋이 나가 있을 때였다. 모든 소식이 내 귓등으로 흐르다 휘발되었다. 세상과 담을 쌓고 살던 시절이었다.

그런데 돌아가신 지 한참이 지난 뒤에도 이토록 정신을 놓고 우는 나라는 인간이 내가 생각해도 이해되지 않았다. 아버지가 세상을 떠나셨을 때도 이렇지는 않았던 것 같다. 끝날 것 같지 않았던 징글징글한 우울의 터널을 빠져나온 건 그로부터 서너 달이 흐른 뒤였다.

가수 김광석이 죽었을 때도 비슷한 증상을 겪었다. 1996년 1월, 살을 한 점 한 점 칼로 베어 내는 것 같은 바람을 맞으며 광화문 거리를 걷고 있었다. 입덧이 심해 음식물을 거의 삼키지 못하던 때였다. 아마도 원고를 출판사에 넘기고 시골 읍에서는 구하기 어려운 책을 사겠다며 교보문고를 찾아가고 있었을 거다. 그때만 해도 음반 가게에서는 거리를 향해 스피커를 틀어 놓고 지나가는 사람들에게 음악과 뉴스를 흘려보내 주었다. 나름 낭만이 살아 있던 시절이었다.

막 음반 가게를 지나가는데 지나치게 담담해서 냉정하게 들리는 아나운서의 목소리가 내 귀를 파고들었다. "가수 김광석 씨가 어젯밤 자택에서……" 느닷없이 명치를 세게 얻어맞은 느낌이었다. 순간 숨이 막혀 후욱 하고 천천히 숨을 들이켜는데 다리가 푹, 꺾였다. 시멘트 바닥에 주저앉았다. 후욱, 후욱 하고 계속 숨을 들이쉬려 했지만 명치끝이 저려 와 실패했다. 꽤 오랜 시간을 그 상태로 있으면서 헉헉댔다.

김광석은 대학 시절 동아리 모임에서 몇 번 보았을 뿐이다. 그가 우리 동아리에 왔던 건 물론 그와 친했던 동아리 선배 때문이었다. 당시만 해도 나는 그가 그렇게 유명인인 줄 몰랐다. 말을 섞어 본 것도 한 손가락으로 꼽을 정도였다.

"정말 동물원의 김광석 씨 맞아요?"

"네."

수줍어하면서 조용하게 말했던 모습만이 유일하게 기억난다.

그의 죽음으로 촉발된, 검고 축축한 우울의 터널을 빠져나오는 데 또 상당히 오랜 시간이 걸렸다.

얼마 전엔 설리가 스스로 세상을 버렸다. 이때도 비슷한 우울이 우우 우우 소리를 내며 몰려오는 게 느껴졌다. 그녀를 죽인 세상에 대한 분노도 함께 우다다다 몰아닥쳤다. 구하라의 죽음 앞에서도 같은 증상을 겪었다. 어두운 무언가가 길쭉한 손가락을 뻗어 내 심장을 움켜쥐고는 아득하고 깊은 심연으로 끌고 가는 듯한 우울을 겪었다. 한번 본 적도 없고, 주어진 대로 끝까지 살았다고 해도 나와는 잠시 스칠 인연조차 없는 사람들의 죽음이었다.

그런데 그들의 죽음 때문에 뇌의 어느 지점에 불이 들어왔다. 그로 인해 죽음을 비웃는 비정한 댓글이나 깐족거리는 포스팅, 살지 왜 죽었느냐고 비아냥거리는 사람들을 모조리 차단하기 시작했다. 심지어 예쁜데 죽기는 왜 죽어, 라는 댓글을 단, 한번 본 적도 없고 페이스북 친구도 아닌 사람을 미리 차단해 버리기도 했다. 차단 버튼을 누르면서 이전과 같은 생각을 했다. 왜 이토록 힘이 드는가.

그러다 알아 버렸다. 죽음 때문이 아니었다. 누군가가 죽었기 때문에 슬프고, 기운이 빠지고, 기력이 쇠하는 게 아니었다. 나는 죽음이 아니라 '자살'을 견디지 못하는 거였다. 특히 그 자살이 사회적인 악의와 연결되어 있을 때 그랬다. 그런 죽음을 볼 때면 내 뇌 속에선 붉은색 경고등이 켜지고, 심장 세포에 잠겨 째깍거리던 시한폭탄이 굉음을 내며 터지는 거였다.

악의, 악의, 악의.

그들은 모두 스스로를 죽였다. 김광석을 빼고는 모두 악의에 의해 자살'당했다'. 나는 그들을 보면서 스무 살에 세상을 버린 그를 떠올렸다. 살아 있었다면 적당히 배가 나오고 중간중간 머리가 희끗거리는 중년의 사내가 되었을 그도, 악의를 견디지 못했다. 예민해서 겉으로는 위악적인 태도를 보여도 다른 이의 털끝 하나 베지 못했던 사람. 그래서 그는 칼끝을 자신에게 겨누었다. 오랜 시간 절망과 고독을 먹으며 잘 벼려진 칼은 서걱거리며 그를 베었으리라. 조금의 머뭇거림도 없이 살을 파고들어 가 동맥을 끊고 영원한 쉼으로 그를 인도했으리라.

그의 죽음 이후 그와 비슷한 죽음을 볼 때마다 나는 분노했고, 그 탓에 속이 쓰렸으며, 쓰리고 아파서 절망했다. 그 절망이 기운을 빼앗아 가 살아갈 기력도 바닥났던 것이다. 악의가 모이면, 한 사람쯤 쉽게 소멸로 끌고 갈 수 있다는 걸 너무 일찍 보았기 때문인지 모르겠다.

살면서 꼭 지키려고 부단히 노력하는 것이 있다. 조리돌림에 가담하거나 일의 본질이나 말의 내용과 상관없이 누군가의 사생활이나 스타일 혹은 태도를 비난하는 짓이다. 이런 이유로 조리돌림에 함께하는 사람들을 조용히 차단한 적도 많다.

그런 사람들의 칼끝이 내게로 향하지 않으리라는 보장이 없지 않은가. 논리도 배려도 그 어떤 것도 갖추지 않은 치졸하고 야비한 악의는 늘 약한 자에게 이빨을 드러내며 으르렁거린다. 어느 날 내가 추레한 껍데기만 남은 존재가 되었을 때 그들이 그 누런 이빨을 드러내며 달려들어 내 목을 물어뜯지 않으리라 어떻게 장담할 수 있겠는가.

단지, 단지, 여전히 마음이 아픈 건, 세상을 등진 사람들이다. 그들을 붙들고 흔들면서 악을 써 댈 수 있었다면 얼마나 좋았을까.

살아남아. 그냥, 무조건, 악착같이 살아남아. 왜 살아야 하느냐고 묻지 말고, 그냥 살아남아. 그러니까, 당신, 살아남아.

천동설? 아니 '남'동설

결혼 전 맞선을 두 번 봤다. 연년생 여동생이 둘이나 있는데, 대학 졸업 때까지 애인 하나 없는 내가 부모님은 몹시 불안하셨던 것 같다. 별로 예쁘지도 않은데 고집은 있지, 그런데 연애하는 낌새는 안 보이지, 이러다 노처녀로 넘어가는 건 시간문제라고 여기신 듯하다. 영구 독신으로 살겠다고 선언이라도 할까 봐 전전긍긍하셨으리라. 딸 넷 중 하나쯤이야 혼자 살아도 된다고 생각하셔도 좋으련만, 이씨 종가의 종손이자 종부인 우리 부모님 입장에서는 있을 수 없는 일이었다. 맏딸이 시집 안 가면 동생들부터 먼저 시집보내게 되는, 일명 역혼(逆婚)이 되기 때문이다.

아버지보다 엄마가 더 조급해하셨다. 아마도 시할머니까지 모시고 사는 층층시하에서 눈치란 눈치는 다 보고 사셨기 때문이 아닐까 싶다. 그리하여 나는 고작 스물다섯 때부터 선

자리에 억지로 끌려 나가야 했다. 내 청춘도 참 서글프다 아니할 수 없다.

아무튼 다음 내용은 첫 번째 맞선남 이야기이다. 그를 만난 건 종로 어딘가에 있는 레스토랑이었다. 당시 쥐뿔도 없고 예쁜 구석도 별로 없는 인간이 나였는데도 주변에서는 이상하게 소위 조건이 좋다는 이런저런 남자들을 소개해 주었다. 그들 중 한 사람이 그 남자였다.

첫인상? 당연히 기억에 없다. 그저 만남을 주선해 주신 분이 침 튀겨 가며 뇌에 인이 박힐 정도로 반복했던 그 잘난 조건(!)만이 지금까지 기억날 뿐이다. 우리나라 최고 대학 공대 졸업, 당시에는 파격적으로 연봉 일 억을 받는 전문직, 어느 정도 재력을 갖춘 집안. 듣는 것만으로도 입이 벌어졌다.

조건 때문은 아니었고, 최소한 양가 어른들과 소개해 주신 분께 누를 끼쳐서는 안 되겠기에 옷차림에 신경을 쓰고 나갔다. 인사를 하고, 서툰 칼질에 안 썰리는 스테이크를 짓이겨 가며 속으로는 욕을 했지만 입가에는 어색한 미소를 띠고, 상대의 재미없는 농담에도 머리를 뒤로 젖혀 가면서 웃어 주었다. 가뭄에 콩 나듯 바르던 립스틱이 그날따라 뭉개져 입가에 벌겋게 번진 것도 모른 채 오물오물 고기를 씹었다. 그러면서

'선을 본다'는 건 참으로 해괴하고 슬프고 난감하면서도 지랄 맞은 행사로구나란 속말을 흘려보내지 않을 수 없었다. 스테이크를 겨우 목구멍으로 넘겼지만 위장에서 더는 내려가지도 소화되지도 않는 것 같았다.

상대방은 특별하게 생기지도 않았고 독특한 개성을 가진 사람도 아니었다. 이공 계열을 전공했다고 다 그런 건 아닐 텐데, 그저 조용조용 지루하고 뻔한 이야기를 늘어놓고 있을 따름이었다. 이야기는 흘러 흘러 어느덧 개인사의 영역으로 들어서고 있었다. 나는 졸려 더는 견딜 수 없는 지경에 이르렀다. 기습적인 졸음을 몰아내느라 여념이 없던 때, 그의 한마디가 일순간 잠을 쫓아 버렸다.

"나는 말야, 여자가 직장 가지는 건 별로야."

내가 오늘날까지 이해 못하는 몇 가지가 있다. 그중 하나가 왜 어떤 부류의 사람들은 자신만의 사고나 취향을 이토록 당당하고 또 느닷없이 다른 이에게 들이미느냐는 것이다. 아무리 미리 조건 헤아려 만나는 맞선이래도 처음 만난 자리 아닌가. 최소한 그런 자리에서 나는 "저는요, 남자가 배가 좀 나오거나 쌍꺼풀이 있으면 바로 아웃이에요. 제 취향은 그래요" 따위의 말은 하지 않는다. 설령 그게 확고한 취향이더라도 사람은 다채로운 존재라는 믿음 정도는 있다. 그는 그렇지 않아도 커다란 내 눈이 더 커지는 걸 눈치채지도 못한 채 계속 말을 이어 갔다.

"아, 만약에 직업을 꼭 가지고 싶다면 음악이나 무용, 뭐 이런 걸 전공한 여자였으면 좋겠어. 돈이야 내가 충분히 버는데 애써 아등바등 벌어들이는 직업은 별로야. 하지만 음악이나 무용을 하는 건 어쩐지 좀 멋지잖아."

스테이크는 연하고 부드러웠다. 소화가 안 되는 건 오로지 부실하게 타고난 내 위장 탓이다.

"솔직히 사진 먼저 보고 외모가 마음에 들어서 나왔어. 실제로 보니까 사진보다 더 내 타입이긴 하네."

종잡을 수 없는 인간이었다. 하지만 무슨 말을 하든 굳이 판단하고 싶지 않았다. 피곤했다. 거의 매일 야근과 철야를 하던 시절이었다. 필자가 마감을 코앞에 두고 원고를 보내오기라도 하면 그날은 밤을 꼬박 새워야 했다. 앞에 앉은 남자의 의중을 파악할 시간을 갖느니 차라리 한숨 더 자고 싶었다. 남자는 드디어 말문이 터졌는지 말하는 데 거침이 없어졌다.

"사실 지금 고민 중이야. 솔직히 외모는 너무 마음에 드는데, 나머지 조건이 그다지 마음에 안 차서 말야. 집이 부자인 것도 아니고, 그렇다고 해서 음악이나 무용을 전공한 것도 아니고."

살짝 구역질이 치밀었지만, 잘 참았다. '집이 부자인 것'과 '음악이나 무용을 전공하는 것'은 우리나라에서 대체로 같이 가는 조건들이다. 슬쩍 테이블 아래로 고개를 숙여 시계를 봤다. 어느새 한 시간이 지나 있었다. 그래, 어른들 체면 생각해서 한 시간만 더 버티자. 고개를 들어 예쁘게 미소를 지은 후 아주 음전하고 착하게 말했다.

"제가 기도해 드릴게요. 오빠가 원하는 이상형의 여자분, 꼭 만나기를요. 이래 봐도 제 기도발 꽤 좋아요."

그가 머리를 홰홰 저었다.

"아니, 그 소리가 아니야."

이후 그의 말은 다 잊었다. 대충 남자와 여자의 명확한 역할 분담이라는 게 존재하는데 예를 들어 여자들은 직장을 다니더라도 어디까지나 그게 취미 정도여야지 자아실현 이상이 되어서는 안 된다는 게 요지였던 걸로 기억한다. 특히 먹고살기 위해 직장에 다니는 건 좀 보기 안 좋다고, 남편이 얼마나 능력이 없으면 여자가 직장 생활에 뛰어드느냐면서 머리를 가로저었다. 가장 우선시해야 할 건 가정과 시어른에 대한 책임이라고도 했던 것 같다. 아무튼 뒤에 나온 말들은 별로 중요하지 않았다. 선보러 나와서 어떻게든 시간을 때우고 가자 작정한 사람에게 상대가 하는 말들은 멀리서 짖어 대는 개소리와 같기 때문이다. 단지 그가 말한 '조건'이라는 말이 폐부를 파고들었을 뿐이다.

지금도 그렇지만 난 오래전부터 팩트를 존중해 왔다. 아무리 화나게 하는 말이라도, 아무리 배려 없고 무례한 말이어도 팩트라면 일단 수긍하고 보는 성격이다. 그가 말한 것 중 집이 잘사는 편이 아니고 음악이나 무용을 전공하지 않았다는 건 모두 사실이다. 그런데 그는 그런 조건을 갖춘 여자가 좋다고 하지 않나. 그 당시에도 그의 판단과 선택을 존중해야 한다고 생각했다.

미리 생각해 둔 시간에 일어났다. 그는 '좋은 집안' 출신답게 집까지 차로 바래다주겠다고 했지만, 전철이 시퍼렇게 살아 돌아다니고 있는 시간이라는 걸 들어 혼자 가겠다고 했다. 종각역에서 전철을 타고 시청에서 2호선으로 갈아타고 한양대역에서 내려 다시 서울 외곽으로 빠져나가는 버스를 기다렸다. 그러면서 가끔 세상은 내가 어쩌지 못하는 걸 요구할 때가 있다는 생각을 했다. 무례하게 그걸 내 코앞에 들이대면서 당당하게 왜 없느냐 요구할 때가 꽤 많구나 하고. 그가 알량한 자신의 가치관(이라고 할 것도 없고 그저 미숙한 사고)을 자랑스럽게 늘어놓을 때, 그리고 자기 취향이 뭔지 예의 없이 내 눈앞에다 대고 흔들며 주절거릴 때 나에게도 내 가치관과 취향을 말할 기회가 공평하게 주어져 있었던 걸까 궁금하기도 했다. 대차게 쏘아붙이고 자리를 박차고 나가는 방법도 있었겠지만, 이후 일어날 일들을 생각하면 참기를 잘했다고 그 시절의 나는 나를 다독였다. 분명 남사와 여자는 다른 권리를 가지고 있던 시대였다. 무례할 수 있는 권리는 주로 남자의 것이었다.

이후 그와 연락을 했던 것 같지는 않다. 한 번쯤 보자는 전화가 왔던 것도 같고 아닌 것도 같고, 남자 쪽 집에서 마음에 들어 한다는 이야기를 들은 것도 같고 그런 소리는 아예 없었던 것도 같고 그렇다.

야근과 철야로 시간은 빠르게 흘러갔고, 선을 본 지 얼마 안 돼 우연히 옆지기를 알게 되어 사귄 지 9개월 만에 결혼까지 일사천리로 일이 진행되었다. 그러니까 내 기억 속에선 싹 지워진 그가 다시 등장한 건 결혼식을 일주일 앞두고 함이 들어오던 날이었다.

함이 들어오는 날, 부슬부슬 비가 내렸지만, 집 안은 나의 대학 시절 절친했던 친구 셋과 친척들로 왁자지껄했다. 착한 옆지기를 닮아(?) 착한 함잡이들은 몇 번의 실랑이도 없이 함을 진 채 냉큼 집 안으로 들어왔다. 친척 중 누군가가 왜 그렇게 재미없게 시간도 끌지 않고 한바탕 놀지도 않고 후다닥 들어왔느냐고 물으니, 입에 전을 한가득 넣고 우물거리던 함잡이 하나가 이렇게 말했다.

"서울 오니 길은 낯설지예, 비는 오지예, 아는 사람은 읎지예, 그러니 무섭지예, 길바닥에서 잘까 싶어 그래 바로 안 들어왔습니꺼. 무서버예~~"

그 말에 모두 박장대소를 하며 뒹굴었다. 함잡이들 달래려고 준비했던 봉투는 몇 개 나가지 않은 채 고스란히 남았다. 함 들어오는 걸 여러 번 봤다던 친척 아주머니도 이런 경우는 처음이라며 깔깔 웃었다.

그때였다. 집 전화기가 큰 소리로 울렸다. 동생이 받았는데, 워낙 주변이 시끄러워 동생이 소리소리 지르며 통화하다가 나를 찾았다. 달려가 수화기를 들었다. 어떤 남자였다. 주변이 시끄러워 목소리가 웅웅 울렸다. 소리를 지를 수밖에 없었다.

"네? 누구시라구요? 네? 잘 안 들려요. 좀 크게 말해 주세요."

수화기 너머에 있는 어떤 남자도 따라서 악을 쓰기 시작했다. 악을 쓰며 자기 이름을 말했다. 그런데 누군지 도통 기억이 나질 않았다. 다시 악을 썼다. "누구라구요?" 그러자 그가 한숨을 쉬는 거 같더니 언제 어디서 맞선을 본 누구라고 다시 소개를 했다. 그제야 서서히 기억이 살아났다. 종각역, 레스토랑, 스테이크가 소환되어 차례로 딸려 나왔다. 아, 그 남자. 어쩐 일이냐고 물었다. 그가 다시 악을 썼다. 말의 요점은 간단했다. 이후 선을 많이 봤다, 자기가 찾는 조건의 여자도 많이 만났는데 별로 마음에 들지 않았다, 그러는 동안 네 생각이 자꾸 났다, 이상했다, 그래서 곰곰이 생각을 해 봤는데 다시 만나 봤으면 좋겠다. 그의 말은 그거였다.

아, 하고 싶은 말은 많았지만, 주변이 너무 소란스러웠다. 여기저기서 참지 못하고 터지는 웃음소리와 뭐 좀 더 가져오라고 고함치는 소리, 갑자기 터지는 나이 어린 이종사촌 동생의 울음소리. 할 수 없이 연극할 때 배우고 익힌 발성법을 써먹었다. 숨을 뱃속 깊은 곳에서부터 복식호흡으로 끌어올려 우렁우렁 공간을 울려 가며 악을 썼다.

"저기요, 다음 주에 저 결혼해요~~~~"

"뭐라고? 응? 결혼?"

"네~~~~ 다음 주에요. 오늘은 일주일 전이라 함 들어오는 날이구요~~"

"결혼? 결혼? 결혼이라고?!"

공부를 그리 잘했다는 사람이 좀 모자라는 것처럼 같은 말을 반복하니 짜증이 났다. 다시 우렁우렁한 목소리로 악을

셨다.

“그러니까 지금 무지 바빠요. 전화 오래 못 받아요. 잘 지내세요~~~”

당시 옆에서 통화 내용을 다 들었던 친구(사실은 후배)는 이후로도 자주 그때 이야기를 하면서 깔깔거렸다. 세상 불쌍한 남자라고 했다. 하필이면 함 들어오는 날, 하필이면 함 받는 여자한테 고백하는 지독하게 운 나쁜 남자는 아마 세상에서 그 남자밖에 없을 거라면서.

하지만 그 친구는 모른다. 그 전에 있었던 일들을. 그러니 그저 누군가에게는 아주 특이하고 재미있는 에피소드에 불과한 일이겠지만, 전후좌우 사정 다 알고 있는 당사자인 나로서는 그 남자가 하나도 불쌍하지 않았다. 지독하게 제멋대로 굴다가 하필 함 들어오는 날에 절묘하게 고백한 것뿐이다. 그러니까 상대에 대한 배려가 전혀 없었던 그 남자는 처음 만난 날 첫 번째 무례를 범했고, 이후 내가 어떤 상황인지 알아보지도 않고 자기 생각만 하고 무작정 전화를 한 데다 제 말만 함으로써 다시 무례를 범한 것뿐이었다. 타이밍을 더럽게 못 맞추었다기보다 그냥 이기적이고 무례한 사람이었던 거다.

후배에게 이런 사정까지 시시콜콜 말하지 않아 후배는 아직도 그 남자를 수줍고 소심한 순정남, 꽤 비극적인 결말을 맞은 로미오 정도로 기억하고 있다. 그냥 두었다. 뭐 어떤가. 진실은 가끔 저 언덕 너머에 있고, 우리는 어쩌다 삐죽 튀어나온 그림자만 보고 진실이라며 우길 때도 많은데.

아참, 맞선이니 역혼이니 하는 말들이 나오니 무슨 티라노사우루스가 초원을 뛰어다니고 익룡이 하늘을 누비던 시대 이야기인 줄 아는데, 아직 사반세기도 안 지난 시절의 이야기이다.

그 여자는 장어를 좋아하지 않았다

결혼 전에 친하게 지낸 커플이 있었다. 같은 회사에서 셋 다 비슷한 시기에 앞서거니 뒤서거니 입사를 했고, 어쩌다 보니 퇴근 후 술 한잔하면서 어울리는 일이 잦아졌다. 그러다 모임까지 만들게 되었다.

사회 초년생들이니, 서로 위로해야 살 수 있던 시기였다. 상사의 부당하고 이기적인 지시에 대한 불만, 얄밉게 윗선에 아부하면서 매사 미꾸라지처럼 빠져나가는 동료에 대한 열받음, 위에서부터 묵직하게 내려오는 실적 압박, 불확실한 회사만큼 불확실해지는 미래에 대한 불안 등은 퇴근 후 우리의 발걸음을 곧장 집으로 향하지 못하게 했다. 누가 먼저랄 것도 없이 회사에서 좀 떨어진 곳에 있는 통닭집에 삼삼오오 모였고 그날 일어났던 일들을 중심으로 상사며 동료며 회사 시스템 등을 질겅질겅 씹어 댔다.

그 자리에 모인 우리 모두에게는 공통된 울분이 있었으니, 바로 우리처럼 뛰어난 인재를 세상이 알아봐 주지 않는다는 것이었다. 그리하여 대화의 마지막은 언제나 그놈의 세상에 대한 원망으로 귀결되곤 했다. 애초에 생맥주 딱 한 잔만 하고 파하려던 모임은 항상 2차, 3차로까지 이어질 수밖에 없었고, 지인 커플은 이런 와중에 탄생했다.

언젠가 우리 중 누군가가 먼저 승진을 할 터였고, 누군가는 압박을 받아 퇴사할지 몰랐다. 또 누군가는 만년 대리로 머물다가 비자발적 퇴사를 할 수도 있다. 하지만 그 당시만큼은 똘똘 뭉쳐 우정을 발했다. 커플을 포함해서 우리는 자주 함께 맛있는 걸 먹으러 다녔고, 영화나 연극도 함께 봤다. 크리스마스이브에도 그 커플까지 끼고 밤새 부어라 마셔라 한 적도 있다. 돌이켜 보면 참 별 볼일 없는 청춘들이었지만, 청춘이라서 빛나던 시절이었다.

커플의 남자는 유난히 장어를 좋아했다. 하지만 신입사원 월급이라야 손금처럼 빤했다. 그 비싼 장어를 자주 먹으러 가기는 좀 그랬다. 남자는 월급날이나 뭐 특별하다고 할 수 있는 날이면 꼭 모임 사람들한테 장어를 먹으러 가자고 했다. 그럴 때면 커플인 여자는 남자의 말이 떨어지기 무섭게 바로

“응”이라고 대답을 했다. 한번도 다른 걸 먹자는 법이 없었다. 여자 반응이 그러니 다른 이들도 거절하기가 뭣해 우리는 종종 장어를 먹으러 다녔다.

예나 지금이나 나라는 인간은 장어는커녕, 고기도 생선도 별로 즐기지 않는다. 남들은 잘 모르겠다고 하는데 내 코로는 항상 누린내나 비린내가 먼저 훅하고 들어왔다. 그러니 남들이 맛있게 다 먹어 갈 때까지 한 점도 먹지 않는 경우가 허다했다. 특히 장어는 더 먹기 꺼렸다. 단순히 냄새와 맛의 문제가 아녔다. 언젠가 한 번 산 채로 껍질이 벗겨지는 모습을 본 뒤로는 그 장면이 떠올라 도무지 맛에 집중할 수가 없었기 때문이다. 그러니 즐겁게 먹으러 간 적이 없다.

그런데 커플의 그녀는 누구보다 장어를 맛있게 먹었고, 남자는 그런 그녀를 사랑스럽게 바라보고는 했다. 그 모습을 보면서 ‘아~ 이래서 천생연분이라는 말이 있는 거구나’ 하며 고개를 주억거렸다.

장어를 먹으러 간 날엔 그녀가 돈을 내는 경우가 많았다. 배려심이 많은 여자였다. 남자친구 제안이라 다른 사람들에게 부담을 주는 게 마음에 걸렸나 보다며 어림짐작했다.

시간이 흐르면서 그 천생연분 같았던 커플도 헤어지고, 퇴사·이직하는 사람들이 생기면서 우리 모임도 흐지부지 없어지고 말았다. 한참 뒤 그와 그녀, 둘 다 다른 사람과 결혼해 잘 살고 있다는 소식을 스쳐 가는 바람결에 들었을 뿐이다.

그런데 몇 년 뒤 대학로에 연극을 보러 갔다가 우연히 그녀와 마주쳤다. 정말 오랜만이었다. 서로의 생사를 확인한 반가움에 흥분하면서 차를 마시러 갔고 호들갑스럽게 수다를 떨게 되었다. 예전 일들을 이야기하다가 자연스레 장어를 좋아했던 그 시절의 그와 그녀를 불러들였다. 그런데 뜻밖의 대답이 돌아왔다.

"나, 사실 장어 같은 음식 잘 못 먹어. 걔가 좋아하니까 열심히 먹으려고 했던 거야."

"헉!(이건 또 무슨 개가 풀 뜯어 먹다 옆구리 얻어터지며 깨갱거리는 소리란 말인가)"

휘둥그레진 내 눈을 보며 그녀는 말을 이었다.

"언젠가 한번은 둘이서 장어 먹으면서 와인도 같이 마신 적이 있거든. 먹기 싫은 장어를, 그것도 걔 보라고 맛있는 척 얼마나 많이 먹었던지, 그만 체한 거야. 막상 집에 돌아와서는 밤새 변기를 붙잡고 토했어. 근데 한참 토하다가 보니까 글쎄, 장어 기름하고 와인의 붉은색이 섞여서 변기 안에 분홍색 기름이 둥둥 떠다니고 있는 거야. 계속 토해서 눈물, 콧물은

쉴 새 없이 흘러내리지, 분홍색 기름은 둥둥 떠다니지…. 질질 울면서 이런 생각이 들더라. 정말이지 내가 뭐 하는 건가."

그 말에 울컥했다. '아, 이게 진정한 사랑이구나.' 진정한 사랑이라는 게 뭔지 몰랐던지라 다소곳한 자세로 겸손하게 그녀의 말을 경청하다 헤어졌다.

그러다 몇 달 전 이번엔 우연히 그 커플의 남자를 만났다. 이십몇 년 만이었다. 그는 죽은 누이라도 살아온 것처럼 흥분하면서 나를 반겼다. 그를 보자 그 시절의 그녀가 떠오르는 건 어쩔 수 없었다. 이런저런 이야기를 하다가 다시 장어가 화제에 올랐다. 그는 곧 그 시절 푸르디푸른 청년의 얼굴이 되었다.

"이제까지 장어를 그렇게 좋아했던 여자는 걔 하나였던 거 같아. 걔랑 사귈 때 장어 먹으러 가면 언제나 걔가 나보다 많이 먹어서 나도 경쟁적으로 먹었거든. 그때 장어 값 참 많이 들었지."

웃으며 말하는 남자에게 나는 차마 대놓고 말하지 못했다. 그때 그녀의 마음에 대해서, 변기에 둥둥 떠다니던 분홍색 장어 기름에 대해서. 그저 다 식어 빠진 맛없는 커피만 홀짝였을 뿐이다. 그리고 이 말도 끝끝내 하지 못했다. 그와 헤어진 후 그녀가 한 점 미련도 없이 그를 까맣게 잊어버릴 수 있었던 결정적 이유가 무엇인지를 말이다. 그녀는 자신의 취향은 한 번도 물어보지 않고 매번 장어를 먹으러 가고 게다가 장어 값의 대부분을 자신이 내게 했던 그의 이기적인 태도에 실려 헤어졌던 것이다.

이런 사정을 알 리 없는 그는 더더욱 신이 나서 떠들었다.

“아, 그때 우리 모임 사람들 중에 연락되는 사람들끼리 다시 장어 먹으러 가자. 진짜 재미있을 거 같아.”

그 말에 마지막 남은, 완전히 식어서 차디찬 커피 한 방울을 입술로 훑으며 말했다.

“다 늙어서 모임은 무슨 모임~~ 장어 값도 비싼데 그냥 너 혼자 실컷 먹어.”

인생은 온통 짐작과 다른 것들뿐이다.

이 무례들을 어쩔 건가

1.

그러니까 십몇 년 전이다. 아니 그보다 더 전인 듯도 하다. 혼자서 2박 3일 송광사에 다녀온 적이 있다. 이후 3년 가까이 채식을 하게 되었다. 절 음식이 하나도 거북하거나 불편하지 않았던 터라 처음엔 한 일주일 해 볼까 하다가 어어~ 이거 그럭저럭 되네? 하면서 조금 더 조금 더 하다 보니 1년, 2년을 넘겨 얼추 3년을 채우게 된 거다.

평소 내 식습관이나 식성을 감안하면 평생 채식만 해도 이상할 것이 없을 터였다. 고기 누린내나 생선 비린내를 싫어하고 질겅질겅 씹는 것도 즐기지 않으니 죽을 때까지 나물이나 두부로 연명하래도 별 불만 없을 것 같았다.

오히려 문제는 다른 데 있었다. 회식처럼 함께 식사하는 자리에서 꼭 못마땅해하는 사람이 있어서 곤혹스러웠다. 그리고 그런 사람의 숫자가 어지간히 많다는 것도 문제였다.

"뭐야, 왜 나물만 먹어? 고기 먹어, 고기. 응? 당최 고기는 왜 안 먹는 거야?"

"남들보다 튀는 행동은 좋지 않아. 남들처럼 살지, 튀는 게 뭐 좋은 거라고."

"암튼 특이해. 아니~ 사람이 고기를 먹어야 살지 풀만 먹고 어찌 살아?"

"그러다가 이제 쓰러진다, 봐라. 기운 없고 어지럽고 그렇지? 아니라고? 좀만 더 지나 봐. 이제 몸에 신호가 오고 그럴 텐데 쓰러지고 나면 후회해도 늦어."

기운 없지 않다고, 콩이나 두부만으로도 충분히 씩씩하게 생활한다고, 보라고 지금도 남들보다 일을 더 했음 했지 덜하지 않는다고, 아프다고 징징거리면서 조퇴 한번 하는 거 봤느냐고, 아무리 힘을 줘 말해도 그들은 우겼다. 분명히 기운 없을 거고, 반드시 어지러울 것이며, 이미 몸 어디에서는 여러 문제가 동시다발적으로 발생하고 있을 거라고. 사람은 무조건 고기를 먹어야 사는 법이라고. 왠지 그들을 위해 반드시 내 몸에 문제가 생겨야만 할 것 같았다. 그 말들 중 압권은 이것이다.

"채식은 내 취향이 아니야. 채식하는 사람들은 다 이상한 거 같아서 싫어."

나는 한번도 그들이 육식을 한다고 욕한 적이 없다. 육식이 잘못되었으니 하지 말라고 한 적도 결단코 없다. 나라는 인간은 남들이 고기를 지나치게 좋아하든 소나 돼지를 생으로 뜯어 먹든 내 알 바 아니라는 태도로 사는 사람이다. 남이라는 존재, 더욱이 그들의 취향에 대해서는 철저히 무관심하다.

그런데 이들의 당당함은 뭘까? 자신들의 취향을 강요하는 이런 태도는 대체 어디서 기원한 건지 연구하고 싶을 정도였다. 만나는 분들마다 내가 채식하는 것을 걱정(이라 쓰고 적대감이라고 읽는다)하시니 내가 무슨 영광을 보겠다고 이러고 사나 싶어 결국 3년쯤 되었을 때 채식을 어영부영 접고 말았다.

내 몸이 겪은 걸로만 판단하면 채식만 할 때나 육식을 겸할 때나 몸 상태는 거의 다르지 않다. 오히려 채식만 할 때가 몸이 더 가볍고 상쾌했다. 꼭 채식 때문만은 아니겠지만, 채식을 할 당시 살짝 기운 없는 듯 기분이 가라앉을 때도 가끔 있었는데 그것이 내겐 잠시 숨을 고르면서 하늘을 올려다보는 시간처럼 느껴졌다. 평소 나는 내 몸이 가진 에너지보다 더 많이 에너지를 쓰는 사람이었다. 정신이 기승을 부려 겨우겨우 나약한 육체를 끌고 가는 형국이었으니 오히려 그런 기분이 드는 것이 나쁘지 않았다.

그러나 나의 이러한 경험과 깨달음은 그들의 편견과, 걱정을 빙자한 참견을 뚫지 못했다. 워낙 완강하고 견고했다. 결국 별다른 신념이나 사고 체계 없이 시작된 나의 채식 생활은 원만한 사회생활을 위해 큰 미련 없이 끝나고 말았다.

2.

코코를 학교 창고에서 집으로 데려온 며칠 후 병원에 다녀오던 날이었다. 택시 안에서 딸내미랑 코코 병원비 얘기를 나누고 있었다. 택시 기사가 불쑥 우리 대화에 끼어들었다.

"(캐리어를 지칭하며) 그 안에, 그거(!!!), 개예요?"

대답이 없는 내게 기사는 연이어 말했다.

"개든 고양이든 갖다 버려요. 돈 무지 잡아먹을 건데. 여자가 벌면 뭘 얼마나 번다고 병원비 잔뜩 잡아먹는 개를 길러요~ 그래."

나는 그에게 동물을 사랑하라거나 동물과 인간이 같은 권리를 누려야 한다거나 하는 말을 한 적이 없다. 혹은 동물이 아플 때 돈이 얼마가 들더라도 반드시 치료해야 한다고도 말한 적이 없다. 그런데 그는 느닷없이 내게 들이민다. 그깟 동물, 돈 많이 들면 갖다 버리라고.

나는 그에게 택시 기사가 벌면 얼마나 벌겠느냐고 말한 적도 없다. 그런데 그는 나더러 '여자'가 벌면 얼마나 벌겠느냐며 후려친다. 여자는 당연히 '돈'을 못 버는 존재, 벌어 봐야 제 용돈 벌이 수준인데 돈 번답시고 꼴값만 떨고 다니는 존재라는 생각이 바탕에 깔려 있었다. 그 당당하고 폭력적인 언사를 차에서 내릴 때까지만 참겠다고 생각하며 버티는 그 시간은 어찌 그리 더디 갔는지 모른다.

3.

별로 친하지는 않지만 어찌어찌 연결되어 빠지기는 좀 어려운 모임에 참석한 적이 있다. 다들 잘나가는 분들이라 좀 긴장한 채 호호 웃으며 덕담 같지도 않은 덕담을 주고받고 궁금하지도 않은 안부를 물으며 지루한 시간을 견디고 있었다. 그러다 화제가 화장품으로 흘러갔다.

나는 예나 지금이나 인터넷으로 화장품을 산다. 그것도 대폭 할인하는 걸로. 특별한 이유가 있거나 거창한 가치관이 있어서는 아니다. 늘 시간이 부족해서였다. 직장 일과 살림, 육아 그리고 시댁과 친정 양쪽을 챙기는 것만으로 내 정신은 늘 반쯤 나가 있다. 특히 당시는 이런 내 상태를 보고 누군가 나를 좀 모자란 사람으로 오해해도 딱히 반박할 수 없을 만큼 정신없이 살던 때였다. 하루하루 살아 내는 것만도 버거웠다.

이러니 쇼핑은 최소한으로, 그것도 대부분 인터넷 주문으로 때워 시간을 아꼈다.

당연히 화장품 브랜드에도 별 관심이 없었다. 인터넷으로 살 때도 브랜드를 검색해서 사는 게 아니라 화면에 가장 먼저 뜨는 제품에 마우스를 대는 경우가 허다하니, 화장품 질은 언감생심이다. 가성비 따져 가장 싼 걸 주문했고, 일단 사용해 봐서 특별한 문제가 없으면 새 제품 찾는 게 귀찮아 그 제품만 주야장천 썼다.

화제는 재미없었지만, 나름 사교적인 성격이라 자부하던 나는 다음과 같은 말들에 열심히 고개를 주억거려 주었다.

"써 보니까 확실히 ○○○의 에센스가 정말 좋더라구요. 촉촉해요."

"아유~ 크림은 △▲▽ 것이 좋아요. 다른 회사 것보다 주름을 방지해 주는 거 맞아요."

여기에서 화제가 멈췄으면 좋았으련만 고개만 끄덕거리고 있던 내게 누군가 기습적으로 물었다.

"화장품 뭐 쓰세요?"

이십 년 전이다. 요즘엔 없는 '**나라'라는 화장품 브랜드가 있었다. 로션이나 스킨 하나가 만 원이 안 되는 제품이었다. 생각할 시간이 좀 주어졌더라면 사교의 달인까지는 아니어도 최소한 사회성 없다는 소리는 안 듣는 사람인지라 뭐라고 적당히 둘러댈 수 있었을 텐데, 급작스럽게 치고 들어오니 얼떨결에 사실을 말해 버렸다.

"**나라요."

순간 분위기가 찬물을 끼얹은 것처럼 가라앉았다. 물어본 사람은 어버버하다 말을 멈추었다. 그때 한 사람이 살짝 입꼬리를 말아 올리며 말했다.

"의식을 가지고 사는 것도 좋지만 그래도 직업도 가지고 있고, 사회적인 체면도 있는데 화장품은 좀 이름 있는 걸 쓰세요."

난 한번도 그들에게 비싼 화장품을 쓴다고 뭐라 한 적이 없다. 비싼 화장품을 쓰니 속물이라고 욕한 적도 없다. 그냥 남들이 쓰는 화장품이 뭔지 아예 관심이 없었을 뿐이다. 그런데 그들은 내게 충고를 한다. 그렇게 살지 말라고. 사회적 체면을 생각해서 좀 이름 있는 제품을 쓰라고 한다. '사회적 체면'이라는 개념은 자기들 것이지 내 것이 아닌데 말이다. 왜, 어찌하여, 이들은 내게 이리도 무례한 걸까!

시간이 많이 지났는데도 어떤 사람들의 '무례함'에 대한 내 분노는 기억 창고 한구석에 똬리를 틀고 남아 있다. 그러다가 비슷한 상황에 처하면 여지없이 창고의 틈을 비집고 기어 나온다. 무례할뿐더러 심지어 폭력적이기도 한 사람들은 여전히 곳곳에 존재하고 그럴 때면 창고 안에 잠자던 이전의 기억과 분노가 되살아난다.

한강의 소설《채식주의자》에서 군인 출신 아버지가 육식을 거부하는 딸의 입에 강제로 고기를 집어넣는 장면이 소설적 과장이 아니라고 보는 건 나만의 착각일까? 생판 모르는 사람들마저 아무렇지 않게 내 생활에 불쑥 끼어들어 와 고기 먹으라고, 안 먹으면 곧 죽을 것처럼 강요하는 상황이 의외로 꽤 많다. 고기를 안 먹는다는 말 한마디에 채식은 자기 취향이 아니라고 당당하게 말하며 육식을 강요하는 사람이 존재하는 한, 딸의 입에 강제로 고기를 쑤셔 넣는 아버지는 소설적 과장만은 아니리라.

소수자로 살아가는 사람들은 얼마나 서러울까. 배제와 차별, 혐오와 맞닥뜨릴 때마다 얼마나 외롭고 고독할까. 생각이 많은 요즘이다.

비움의 역설

화초를 스물일곱 개까지 키워 봤다.

화초를 좋아하고 또 기를 만한 충분한 시간적 여유가 있는 사람이라면, 게다가 마당 있는 집에 살고 있다면 뭐 그까짓 화초 스물일곱 개 정도 기르는 게 무슨 대수냐고 할 수도 있을 터이다. 그러나 새벽에 나갔다가 저녁 늦게 들어오는 일이 다반사인 나 같은 사람이, 자기 집도 아닌 셋집에서, 마당은커녕 식물을 기를 공간이라고는 고작 집의 한 귀퉁이에 덧대어 붙인 베란다밖에 없는 사람이, 화분 서너 개에서 시작해 스물일곱 개까지 늘려 나갔다는 건 사실 좀 유난스러운 짓이었다.

굳이 변명을 하자면 식물이 자라는 모습을 지켜보는 것이 어지간히 가슴 벅찼기 때문이라고밖에 달리 설명할 길이 없다. 아니, 가슴 벅차게 했다는 말은 좀 성의가 없는 표현이다. 내게 그 식물들은 숨 돌릴 틈을 주는 '쉼'이자 '위로' 그 자체였기 때문이다. 당시 나는 새벽에 일어나 밤늦게 잠자리에 누울 때까지 숨 한번 돌릴 틈 없이 숨 가쁘게 살았다. 그런 현실에서 시간을 쪼개 화분 안 그 아이들을 들여다봤던 것이다.

지금까지 이사만 열세 번. 유목민 아닌 유목민이었다. 횡성에서 춘천, 춘천에서 서울, 다시 서울의 반지하로, 서울에서 대구로, 대구에서 한 번 더 이사했다가 다시 서울로, 서울에서 또 몇 번의 이사. 이삿짐을 풀기 무섭게 다시 또 싸기를 여러 번.

스물일곱 개의 화초를 길렀던 그 집엔 볕이 잘 들었다. 25층 중 12층의 아파트였다. 이삿짐을 풀던 날 나도 모르게 중얼거렸다.

'이제 좀 오래 살아 보자. 비록 남의 집이지만 좀 오래.'

집주인 의사는 물어보지도 않고 내 맘대로 말이다. 하지만 이유 없이 그런 건 아니다. 집주인이 자기네는 집을 여러 채 가지고 있으니, 집 사서 나갈 때까지는 언제까지고 살아도 좋다고 했기 때문이다. 그 말을 믿을 만큼 순진하진 않았지만, 집주인의 선심 쓰는 듯한 말에 기대고 싶은 마음도 사실 컸다.

'어쩌면 계약 기간 2년을 넘겨 4년 정도는, 아니 잘하면 정말 집을 사서 나갈 때까지 빛 맑은 이 집에서 살 수 있을지도 몰라.'

베란다로 쏟아져 들어오는 햇빛을 고스란히 손바닥에 받으며 다시 중얼거렸다.

빛이 제대로 들어오는 집에 이사 오자 잦은 이사에 엄두를 내지 못했던 일들에 관심이 생겼다. 그중 하나가 식물 기르기였다. 지나가다 예뻐 보여 사고, 남이 버린다고 해서 얻어 오기도 했다. 새로 부임한 교장 선생님이 자신이 받은 축하 화분을 분양한 적이 있는데 그때도 냉큼 가서 받아 왔다. 그렇다 보니 집 안에 화분이 점점 더 늘어 갔다.

하지만 어차피 남의집살이. 오래오래 살라던 집주인은 만기가 되자 부동산을 통해 집을 팔려고 내놓았다고 통보해 왔다. 누구나 돈 앞에선 속절없이 흔들리는 갈대인 법. 집 매매가 뚝 끊겼다고 연일 방송에서 떠들던 시기였다. 그 탓에 전세 값만 하늘 높이 치솟았다. 우리 집 전세 값이 그사이 1억 이상 올랐다는 건 세상 소식에 둔감한 나도 알고 있는 사실이었다. 이런 시세를 감당할 세입자를 찾으려고 집주인들이 매매를 한다고 거짓말한다는 것도 누가 귀띔해 주지 않아도 알고 있었다.

내겐 이 집이 아홉 번째였다. 이사라면 이골이 나 있었고, 집주인들이 끌어다 붙이는 핑계들의 저의를 꿰뚫어 볼 수 있을 만큼 관록(?)이 붙어 있을 때였다. 집주인 통보에 군말 없이 알았다고 했다.

늘 그랬듯 이사 준비를 시작했다. 지겨운 반복이었다. 이사 갈 지역을 정하고, 그 동네 부동산을 돌고, 이삿짐 업체를 알아보고 견적을 내고, 버릴 물건들을 선별하고, 기존의 계약서와 집 열쇠들을 미리 찾아서 챙겨 놓고, 냉장고 안의 음식들을 이사 전날까지 얼추 비울 수 있도록 조절하고, 인터넷을 비롯해서 가스·유선방송 등등의 이전을 신청하고, 카드회사나 은행 등의 홈페이지에 들어가 이전할 주소를 새로 등록하는 과정들. 매번 긴장해야 하면서도 지루해서 진저리를 치는 일들이었다.

그나마 아이들 학교나 여타 사유로 거주지를 한정하지 않을 수 있어서 다행이었다. 가까운 지역의 좀 더 싼 집을 알아보면 되었다. 물론 오른 전세 값만큼 다음 거주할 집은 서울에서는 좀 더 떨어진 곳으로 결정되었지만 말이다.

그런데 이사를 준비하다 뜻밖의 곳에서 엉뚱한 일이 생겼다. 이삿짐 업체를 불러 견적을 내던 중이었다. 내가 예상한 것보다 1톤 트럭이 더 필요하다는 거다. 당시 나는 이사에 관한 한 베테랑이었다. 더욱이 이전 일곱 번의 이사는 포장이사가 아닌 일반이사였다. 종이박스에 일일이 세간살이를 포장해 넣고 이사한 다음엔 다시 또 일일이 풀어 정리했다. 이런 경력 탓에 이삿짐 견적은 이삿짐 업체보다 더 잘 낼 자신이 있을 정도였다. 그런데 1톤 트럭이 한 대 더 필요하다니, 뭔가 이상했다.

"2년 전에 이사 올 때 5톤 트럭 한 대로도 충분했는데요?"

업체 대표는 고개를 절레절레 저었다.

"그럴 리가 없습니다."

"분명히 5톤 트럭 한 대로 움직였어요."

눈을 동그랗게 뜨고 재차 강조하자 대표가 말했다.

"그때와 달라진 게 있을 거예요."

"뭣 때문에 1톤 트럭이 더 필요한 건데요?"

그의 대답은 뜻밖이었다.

"화분요. 저 화분들 다 따로 자리 차지해요. 포개서 얹을 수가 없어요. 걔들 각자 부피보다 더 넓은 자리가 필요해요."

아, 그거였다. 이사 올 때보다 짐 하나 보태지 않고 살았다는 내 생각은 틀려도 한참 틀렸던 거다. 자랑삼아 입버릇처럼 나열하는 것들, 가령 김치냉장고도 없고, 소파도 없고, 텔레비전도 없고, 장식장도 없고 등등의 말은 허공에 속절없이 흩어져 버렸다. 욕심 내지 않고 살아왔다고, 20여 년 전에 구입한

용량 적은 구닥다리 가전과 가구만으로도 잘 버티며 살아왔다고 내심 뿌듯해하던 나의 자부심은 허를 찔리고 말았다.

내 욕심껏 수를 늘려 왔던 베란다와 거실의 화분들이 그제야 눈에 들어왔다. 행운목, 군자란, 고무나무, 관음죽, 소철, 철쭉, 홍콩야자, 클루시아 그리고 여러 종류의 선인장. 주말이면 물을 주기 위해 욕실로 낑낑대며 옮겼던 일, 여름에 베란다에서 물을 주다가 화분에서 기어 나온 지렁이가 손목에 감기는 바람에 뒤로 넘어질 뻔했던 일들이 떠올랐다. '아이들'을 차례차례 훑어보다 마침내 마지막에 이르렀다. 거기에는 작디작은 로즈마리 화분이 있었다. 잠시 화분을 바라보다 시선을 거두고 이삿짐 업체 대표에게 나직이 말했다.

"이사 갈 때까지 화분은 다 정리할게요. 화분을 제외하면 5톤 트럭으로 되지요?"

"네, 그 정도면 충분할 겁니다."

한 달의 시간을 두고 화분 분양을 모두 마쳤다. 주로 이웃에 사시던 어머님 댁으로 옮겼고, 몇 개는 학교의 친한 선생님들한테 보냈으며, 또 몇 개는 동네 화원에 물어보고 가져다주었다. 마지막까지 내 시야에서 아른거렸던 로즈마리 화분 하나만 남겼다.

아무도 물어보지 않았고, 궁금해하지도 않았지만, 그날 일기장에 변명처럼 이렇게 썼던 걸 기억한다.

> 집착은 각자에게 다른 모습으로 찾아온다. 좋은 집과 명품 옷과 번들거리는 학벌과 사회적 지위만 집착의 대상이 되는 건 아니다. 자신이 가질 수 있는 한계를 넘어선 모든 욕심은 집착이다. 한 달 수입 몇천 만 원인 사람에게 천만 원짜리 가방은 너끈한 소비이자 당연한 권리이겠지만 한 달 수입 몇백 만 원인 사람에게는 단돈 십만 원짜리 가방도 사치이다. 더군다나 그것을 유지하겠다고 악착스러움을 보이는 건 집착일 수밖에 없다.
>
> 1톤짜리 트럭을 더 계약해야 하는 그 돈이 아까워서 아이들을 보낸 게 아니다. 사실 그 아이들을 돌보거나 유지하는 것은 이미 오래전에 내 능력을 벗어나 있음에도 어리석게 그 아이들에게 집착하고 있었던 거다. 앞으로 얼마나 더 이사를 다녀야 할지, 어떤 집으로 이사를 가게 될지도 모르는 불확실한 상황에서 어쩌자고 저 생명들을 내 안에 들여 이토록 쩔쩔매고 있는가.

이후 더는 화분을 들이지 않았다. 로즈마리 화분만이 설거지를 하는 부엌 창 앞에 얌전히 앉아 내 곁을 지켰다. 내가 감당할 수 있을 만큼의 책임, 버겁지 않을 만큼의 사랑, 허덕대지 않을 만큼의 소유를 잠시 잊었다.

그리고 몇 번 더 이사하면서 화분과 마찬가지로 버리지 못하고 끙끙대며 끌어안고 있던 책들도 정리했다. 읽은 책은 달라는 사람들에게 주거나 필요하다 싶은 사람들에게 보냈다. 자료가 필요할 때는 인터넷으로 찾으면 될 터이고, 버렸거나 남들에게 준 책들이 다시 필요해지면 새로 살 요량이었다. 그렇다고 해서 책 사는 걸 망설이진 않았다. 끊임없이 사들였고, 읽을 만큼 읽고 나선 즉시 정리했을 뿐이다. 요컨대 화분이든 책이든 그러한 것들을 통해 내 삶에서 소유하려는 집착을 끊어 내는 연습을 한 것이다.

그리하여 시간이 지난 어느 날, 우리 집 거실에 앉아 차를 마시다 문득 보게 되었다. 마치 산사(山寺)의 한 공간처럼 텅 빈 듯한 고즈넉한 고요를, 하지만 역설적으로 넉넉한 여유로움으로 채워진 빈 공간을 말이다.

목요일 미세먼지 없이 맑음

결혼 이야기 1

한번 맞선을 보고는 다시 그딴 거 하지 않겠다고 선언을 했다. 어떻게든 연애를 해서 결혼해(?) 드릴 테니 다시는 그런 자리 만들지 마시라고. 말은 그리했지만 속으로는 연애도 제대로 못하고 있는 내가 한심해서 눈물이 쏟아질 뻔했다. 바로 밑, 뛰어난 미모의 연년생 동생은 이미 수년째 사귀고 있는 남자친구와 결혼하고 싶다고 집에다 통보까지 해 놓은 상태였다. 그러자 발등에 불이라도 떨어진 것처럼 다들 난리가 난 것이다. 내 나이 고작 스물다섯이었는데 말이다.

나보다 딱 11개월 22일 어린 여동생은 타고난 미모 덕분에 어린 시절부터 연예인 하라는 제안을 진지하게 듣던 애였다. 그 동생이 남자친구를 집에 인사시키자마자 집안 어른들은 아주 본격적으로 내 가슴에 대못을 박기 시작했다. 더욱이 종가다 보니 팔촌 이쪽저쪽에 속하는 분들까지 가세해 한마디씩 거들었다.

"여자 똑똑할 필요 없어. 여자는 무조건 인물이야. 아, 의진이 자랄 때 공부 잘했잖아. 그것도 좀 잘했어? 책도 많이 읽고. 그런데 막상 결혼할 나이 됐는데 사귀는 남자 한 명 없는 거 보라구. 근데 ○○이(바로 밑의 여동생)는 이미 집에서 강변에 아파트 한 채 정도는 떠억 하니 사 줄 만큼 부자 남자친구도 있는데 말야. 이제 어떡해, 언니보다 동생이 먼저 결혼하는 거, 그거 경우 안 따지는 집에서나 벌어지는 일인데."

주로 이런 레퍼토리였다. 답답했다. 솔직히 결혼 따위 하고 싶지 않았다. 연애도 내 취향(?)은 아니었다. 나는 타고난 친화력으로 어떤 이성을 만나든 순식간에 '친구'로 만들어 버리는 재주가 있었다. 몇십 년 된 지기처럼 우정과 '으리~'를 느끼는 관계로 발전시킬 수 있었다. 그렇기에 내 주변은 언제나 남자들로 북적거렸다. 다만 연인 관계로 발전할 수 없었을 뿐이다. 그들은 주로 나와 '일' 얘기를 많이 했고, 나 역시 그럴 때가 가장 편하고 대화도 매끄럽게 흘러갔다. 그도 아니면 사회생활 하면서 받았던 부당한 처우, 뒤통수 맞은 경험들을 토해 내며 서로를 위로했다. 연애 상담도 수없이 많이 해 줬는데 이는 오랜 세월 이어져 온 관계의 덤이었다.

그런데 문제는 그 연애 상담이었다. 적당히 통상적인 인간

관계 고민만 늘어놓았다면 좋았으련만, 언제나 그들은 너무 심오하고 내밀한 이야기까지 내게 들이밀며 상담을 요청해 왔다. 그렇다 보니 아무리 연애하겠다고 작심해도 그들을 '남자'로 보기는 어려웠다. 물론 그녀 이야기를 하며 분노했다가 눈물을 글썽거렸다가 시시덕거렸다가 또 다른 그녀에 관해 말하는 등 종횡무진하는 녀석들의 사연을 주고받는 사이 우리의 우정이 깊어지고 의리가 굳건해지는 부작용이 생기는 건 필연이었고 말이다.

아무튼 난 연애를 해야만 했다. 집에다 큰소리친 대가로 그것도 가능한 한 빨리 해야 했다. 마침 맞선이 들어왔다. 회사 상사분이 주선해 주셨는데, 이번에도 조건이 어마어마한 사람이었다. 나와 같은 대학 출신인데 연봉 1억에 가까운 전문직, 사 남매의 막내, 형은 행시 출신 관료, 큰누나는 의사, 작은누나는 약사, 부모님은 지방 모 도시의 최고위 관료라고 했다. 상사는 으레 그 엄청난 조건을 강조하면서 만남을 강요하다시피 하셨다. 나에 대해서도 그쪽에 엄청 말을 잘해 놨다고, 그쪽도 기대가 크다는 말도 덧붙이면서.

그때나 지금이나 난 가진 게 없는 인간이다. 지금도 입버릇처럼 말하지만 돈도 없고 지위도 없고 명예도 없다. 그런 자리가 들어온다고 해서 기쁘지 않다. 물건 살 때 공짜로 뭐 하나 더 받는 것도 싫고, 다른 사람들보다 싸게 사는 것도 싫고, 누가 사 주는 것도 싫어하는 인간이 나였다. 그러니 내가 가진 것에 비해 더 좋은 조건을 달고 오는 사람을 만나는 일이 흔쾌할 리 없었다.

그런데도 맞선은 진행되었다. 머뭇거리는 내 태도를 부끄러움으로 오해한 상사는 평소 일처리를 하듯이 엄청난 추진력으로 만남을 밀어붙였다. 심지어 당신이 나서서 장소까지 잡아 주셨다. 대학로 어느 거리 안쪽에 위치한 레스토랑이었다. 느닷없이 날짜까지 잡혀 말도 못하고 어리둥절한 표정으로 서 있는 내게 상사는 맞선남의 부모님과는 고등학교 선후배 사이라고 말해 주었다. 만남에 대한 부담이 배로 가중되었다.

맞선남과 나, 둘 다 야근이 많고 바쁜 직업이라 좀 늦은 시간에 만났다. 간단한 디저트 음식과 고급스러운 커피를 앞에 두고 마주한 그는 평범해 보였다. 키는 평균을 웃도는 정도였고 별로 인상적이지 않은 외모에 중간 톤의 목소리를 가지고 있었다. 오가는 이야기도 무난하기 이를 데 없었다. 어마어마한 조건을 걷어 내고 사람 자체만 보면 순하고 착해 보이는 인상이었다.

집에 가려고 일어서는데 그가 다음 주 주말에 시간이 나는지 물었다. 망설이다 마감 때문에 바쁘다고 했더니, 자신도 출장이라며 평일 이 시간쯤 다시 보자고 했다. 다음 만남이 정해진 셈이었다.

집에 돌아와 잠자리에 누웠다. 잠자리에서 그날 일을 복기하는 버릇이 있다. 그날은 맞선남의 얼굴을 기억해 내려고 했는데, 이상했다. 기억이 나지 않았다. 조명이 좀 어두웠다고는 하나 어떻게 눈, 코, 입이 하나도 기억나지 않는지 의아했다. 얼굴이 안 떠오르니 첫인상이 착해 보였다는 기억이 정말 맞는 건가 의심마저 들었다. 신기한 일이었다.

그 다음 주 비슷한 시간대에 그를 다시 만났다. 역시 디저트에 해당하는 음식을 먹고, 차를 마셨고, 무난한 이야기를 나누다가 헤어졌다. 그 다음 주에도 그러다 집으로 왔다. 똑같이 반복되는 세 번의 만남 동안 고민이 깊어졌다. 이상하게 집에 오면 얼굴이 잘 기억나지 않는 것이다. 너무 무난하고 평범하고 착하고 순해 보이는 인상이었다는 '기억'만 남아 있었다. 그러니 내가 그에게 호감이 있는 건지 아닌지 그것조차 알 수가 없었다.

맞선 본 이후 상사는 하루에 한 번 정도 내 근처로 왔다가 눈치만 살피다 가셨다. 직접 묻기는 그러니 알아서 보고(?)해 주기를 바라는 것이리라. 사실 나도 뭔가 중간보고 비슷한 걸

해야 할 것 같은 압박을 느끼고는 있었는데, 정말 할 말이 없었다. 뭐라고 보고한단 말인가. 세 번 만났고 세 번 다 차만 마시고 두어 시간 이야기하다 집에 갔구요, 헤어지고 나면 얼굴조차 기억이 잘 안 나서 제가 그에게 호감이 있는 건지 없는 건지 잘 모르겠구요, 그분도 저한테 호감이 있는지 없는지 이야기한 적이 없어서 그분 마음도 역시 잘 모르겠구요, 라고 보고할 수는 없는 노릇 아닌가.

그런데 막상 이런 고민을 털어놓을 데가 없었다. 연애 경험이 별로 없어 이런 정도의 마음도 호감이라고 봐야 하는지, 이 정도 감정이 들면 원래 다들 결혼하고 그러는 건지 도통 헷갈렸다. 그러나 나를 붙잡고 내가 사 주는 술을 퍼마시며 그렇게나 본인들 연애 상담을 늘어놓던 녀석들은 막상 내가 상담을 할 만한 그릇이 못되었다. 아마 내가 고민이랍시고 털어놓으면 녀석들은 바로 "야, 헤어져, 헤어져. 그 남자 별로야. 그냥 술이나 마시자. 나 요즘 고민이 또 생겼는데 그거나 좀 들어줘"라며 나댈 것이다. 그때나 지금이나 별 도움이 안 되는 놈들이다. 주변의 몇몇 여자친구에게 이야기해 봤지만 그다지 도움이 안 되는 조언만 돌아왔을 뿐이다.

집에서는 무조건 결혼하라고 난리였다. 그때였다. '얼마 전

친구가 된(지금은 옆지기)' 사람한테서 회사로 전화가 왔다. 야근 없는 날인데 저녁이나 같이 먹자는 것이다. 역시 대학로 어느 레스토랑에서 만나 같이 저녁을 먹었다. 옆지기는 다른 사람의 이야기를 잘 들어주었다. 조용한 성격에 자분자분 말하는 스타일이었다. 이런저런 이야기 끝에 이 사람에게 한번 의견이나 구해 볼까 싶은 생각이 들었다. 말을 꺼냈고, 나의 '헷갈림'에 대해 물었다.

'사실 두 번째 맞선을 보기 전에 결심한 바가 있었다, 결혼을 안 하고 좀 더 버티는 게 내게는 최상이었지만 그럴 수 없는 상황이다, 그러니 특별히 싫지 않으면 그냥 결혼하겠다고 굳게 마음먹고 맞선에 임했다, 연애할 자신도 없는데 내가 뭐 잘난 게 있다고 튕기겠나 하는 마음이었다, 그런데 문제는 정말 아무, 아아~무 생각이 없다는 거다, 좋은지 싫은지 그 어떤 구분도 없다, 어른들 말은 결혼해서 살면 다 똑같다고 하는데 그 말이 맞는 것 같기도 하고, 한편으로는 다들 이렇게 별 생각 안 드는데 연애하고 결혼해서 살아가고 있는 건 아닐까 싶기도 하고, 암튼 요즘 같아서는 뭐가 뭔지 잘 모르겠다'가 내 말의 요지였다. 그는 약간의 망설임도 없이 말했다.

"그러면 결혼 못하는 거죠."

"네?"

"생각해 봐요. 일 년 살고 혹은 오 년 살고 아, 이제 지겨우니 슬슬 다른 사람하고 살아 봐야지 그러는 게 결혼은 아니잖아요. 중간에 힘들거나 어려운 일이 생겼는데 귀찮고 버거우니 그만 헤어져야지 그럴 수 있는 게 결혼인 건 아니잖아요. 지금도 이렇게 헷갈리고 뭔지 잘 모르면서 10년, 20년 어쩌면 50년을 힘든 일, 어려운 일, 귀찮고 버거운 일들을 둘이 같이 견뎌야 할 텐데, 그 긴 세월을 어떻게 겪어 내려고 그래요?"

"하지만, 하지만…… 전 최선을 다하기는 할 건데요? 제가 쉽게 변덕부리거나 포기하는 성격도 아니구요. 누구보다도 헌신적이고 참을성도 많아요. 그러니까……."

그러자 그가 일침을 놓듯 말했다.

"그런 마음가짐으로 결혼하는 거, 상대가 원할까요?"

평소에도 나이답지 않게 시건('철'의 경상도 방언)이 든 사람인 건 알고 있었다. 그런데 그 나이에 누구보다 어른스럽게 상황을 인지하고 뭐가 잘못되었는지 일깨워 주고 있었다. 적이 놀랐다. 그다지 인상적인 사람이 아니라 친구가 되는데도 시간이 오래 걸린 사람이었다.

그가 말을 이었다.

"급하지 않아요. 그런 식으로 결혼하는 거 아니에요. 집에서 동생이 결혼하겠다고 하는 것 때문에 조급해진 거 같은데 아직 기회는 많을 거예요."

대답이 없자 그가 쐐기를 박듯 말했다.

"제 친구가 있어요. OO라고. 꽤 멋진 친구예요. 성실하고 착하고, 누구보다 인간적이고. 아마 의진 씨하고 잘 어울릴 거예요. 참, 그 친구 노래 굉장히 잘해요. 동명이인인 가수 OOO보다 잘해요. 조만간 소개시켜 드릴게요."

갑자기 안심이 되었다. 그러니까 내가 조급해져서 판단력이 흐려졌구나. 그런 거구나.

토요일이었던 다음 날, 맞선남한테서 회사로 전화가 왔다(당시엔 주6일근무제). 정말 오랜만에 주말에 시간이 났다면서 그날 바로 보자는 것이다. 점심 뭐 먹고 싶은지 생각해 두라고 했다. 처음으로 그가 차를 가지고 나를 데리러 회사 앞으로 왔다. 그리고 충무로에 있는 유명한 해물탕집으로 안내했다. 밥은 처음으로 같이 먹는 거였다. 해물탕이 나왔고, 그가 말한 대로 맛집이었다. 국물이 깊고 시원했다.

천천히 밥알을 음미하듯 씹고 있는데 갑자기 그가 먹고 있는 모습이 눈에 들어왔다. 그는, 아, 그는, 세상에, 쩝쩝거리고 있었다. 꽃게 다리를 붙잡고 이쪽저쪽 돌려가며 쩝쩝 소리를 내며 빨아먹고 있었다. 커다란 새우 껍데기를 알뜰하게 벗겨낸 후 우적우적 씹어 댔고, 조개 역시 쭉쭉 소리를 내며 빨아

먹었다. 미더덕을 먹을 때도 으드득 쩝쩝 소리가 났다. 국물도 역시 후루룩, 쩝쩝.

오, 세상에, 하느님 아버지. 저를 구원하소서.

순간 온몸의 세포 하나하나에 오소소 소름이 돋았다. 이유는 모르겠지만 정신이 번쩍 났다. 문득 어떤 생각 하나가 마지막 잎새를 떨어뜨리는 강한 비바람처럼 내 오른쪽 뇌를 강타했다. 난 저 사람과 손을 잡을 수 없을 터였다. 포옹은 생각만 해도 진저리 쳐졌다. 그 이상은 상상도 하기 싫었다. 그냥 웃으며 차를 마시고 대화를 하는 건 문제가 아니었다. 이 이상을 내가 생각해 본 적이 없다는 사실을 그제야 알았다. 그런데 으드득 쩝쩝 소리들에 비로소 허상이 걷히고 실체가 보였던 것이다.

결혼은 현실이었고 그냥 머릿속으로 '난 할 수 있어'를 외친다고 겪어 낼 수 있는 성질의 것이 아니라는 깨달음이 뒤통수를 쳤다. 지금은 '옆지기지만 당시에는 친구'였던 그의 말이 옳았다.

점심을 마치자 그는 내게 묻지도 않고 차를 몰아 워커힐로 달렸다. 당시 우리 집은 워커힐 아래쪽에 있었는데, 아마도 집에 바래다주기 편한 장소라 여긴 것 같았다.

호텔 커피숍은 처음이었다. 호텔의 커다란 통유리창 너머로 어스름이 내리기 시작했다. 도시가 조금씩 빛으로 살아나 반짝거렸다. 야경이 사막 위 별빛처럼 펼쳐지고 있었지만 차를 타고 오는 내내 어떤 식으로 '이제 여기에서 만남을 접자'는 말을 꺼내야 할지를 고민하고 있던 내게 그 정경은 눈에 들어오지 않았다. 한동안 둘 다, 몰락한 영국 귀족이 사용하다 경매에 붙인 걸 대량으로 사 들인 것 같은 꽃무늬 커피 잔을 들고 말이 없었다. 결국 내가 먼저 말문을 열었다.

"오늘은 말을 해야 할 것 같은데요."

언제나 전달하려는 말은 간결하고 명확하고 군더더기가 없어야 한다. 사람들은 어리석게도 상대를 배려한답시고 하고 싶은 말의 순수한 뼈다귀에다 이것저것 장식을 붙이는 경우가 많다. 그러면 상대방은 시간이 지날수록 오히려 그 핑계, 책임 전가 같은 장식 때문에 더 분노에 떨게 된다. 그래서 한 점의 살도 남기지 않고 발라낸 순수한 진실의 뼈다귀 이외의 모든 것은 쳐 내는 게 낫다. 그날 내 말도 그런 형상이었다.

'이미 네 번째 만남이다. 오빠가 좋은 사람이라는 것도 알겠고, 아주 훌륭한 상대라는 것도 알고 있다. 그런데 이성으로 느껴지질 않는다. 이건 매우 중요한 문제다. 오늘을 마지막으로 하자.'

군더더기 없이 핵심만 말해 잔인해 보여도 그게 더 낫다고 생각했다. 그래야 쓸데없는 미련이나 자책으로 자신의 시간을 허비하지 않을 것이다. 다소 어두운 표정으로 묵묵히 이야기를 듣던 그가 차분한 목소리로 말을 시작했다.

"사람이 만나서 서로 좋아하게 되는 것에는 여러 종류가 있어. 첫눈에 반하기도 하고 친구로 지내다가 어떤 계기로 사랑에 빠지기도 하고, 혹은 차근차근 알아 가면서 좋아하게 되기도 하고. 지금 너는 너무 성급한 것 같지 않니? 겨우 짧은 몇 번의 만남으로 불같은 사랑을 꿈꾼다는 건, 어떤 면에서는 또 다른 신데렐라 콤플렉스 아닐까? 멋들어진 어떤 사람이 다가와 한눈에 자신을 휘어잡아 주기를 바라는."

아, 그런 건가? 그의 말을 듣다 보니 다시 또 헷갈리기 시작했다. 나는 지금 내 감정을 모르고 있는 건가? 그런 건가? 내 팔랑귀는 언제나 문제다. 멍하니 앉아 있는 내게 그가 다시 말을 했다.

"아직 나는 결정하고 싶지 않다. 좀 더 만나 보고 결정을 내리고 싶어. 정 네가 불편하고 많이 부담스럽다면, 차라리 맞선을 봤다고 생각하지 말고 당분간 친한 오빠, 동생으로 지내 보면 어떻겠어? 서로 부담 없이 만나다 보면 진짜 감정이 무언지 알게 되지 않을까? 지금 이렇게 모질게 끊는 건 서로에 대한 예의는 아닌 것 같다."

그의 말도 일리는 있었다. 몇 번이나 만났다고 감정이 생기고 안 생기고를 따진단 말인가. 그의 말대로 내가 너무 성급했던 건지도 모른다, 라고 생각하는 순간, 낮에 해물탕 먹던 모습이 떠올랐다. 아, 이건 아니다.

사실 나는 알고 있었다. 그와 사랑에 빠지지 못하리라는 걸. 그러면서도 스스로를 속이고 있었던 거다. 상황에 맞추어 그냥 그대로 가면 어떨까 하며 당시의 어린 나는 타협을 하고 있었다. 고개를 들려는 진실을 애써 누르고 달래 가면서 말이다. 그는 아무 잘못이 없었다. 모든 건 내 잘못이었다. 미안해졌다. 한없이 미안한 마음에 처음으로 그를, 그의 눈동자를 찬찬히 바라보았다.

"미안해요."

그의 눈동자가 흔들렸다.

"정말 미안해요. 좀 더 일찍 내 마음을 알아차렸다면 좀 더 빨리 이 말을 했을 거 같아요. 우리는 아니에요. 오늘에서야 제대로……."

갑자기 그가 일어섰다. 무슨 일인가 싶어 나도 급하게 따라 일어났다. 그가 계산을 하고 밖으로 나갔다. 종종걸음으로 따라갔다. 그는 차문을 열어 주며 타라는 눈짓을 했다. 머뭇머

믓 차에 타자 집이 어디냐고 물었다. 차 안에서 우리는 거의 말을 하지 않았다. 가끔 길이 헷갈릴 때만 그가 물었을 뿐.

드디어 집으로 들어가는 골목에 차가 섰다. 주섬주섬 가방을 챙기는 나에게 그가 말했다.

"성급하게 결론 내리지 말자. 내가 너보다 다섯 살은 더 많으니까, 아니 나이가 많다고 그러는 건 아니고 사회생활이든 뭐든 조금은 경험이 더 많으니까 지금 결론 내리지 말고, 조금만 더 시간을 두고 생각했음 좋겠어. 지금 내가 하는 말, 그냥 들어줬음 좋겠다. 친한 오빠, 동생으로라도 지내고 싶어. 부담될까 봐 먼저 전화하지는 않을게. 거의 매일 야근을 하니까 회사로 전화해 줘. 기다릴게."

이후 그에게 전화를 건 기억은 없다. 다만 상처를 준 점이 미안했을 뿐이다. 대부분의 인간관계에서 나는 주로 상처받는 쪽이었는데 그는 내가 상처를 준 몇 안 되는 사람이었다. 내가 그를 기억한다면 마지막에 보여 준 태도 때문일 것이다. 상대를 비난하지 않으면서 가만히 자신의 감정을 드러낼 줄 아는 사람이었다. 타고난 온화한 성품, 성숙한 사고, 좋은 인간성은 그 자체로 빛을 발한다는 사실도 알게 해 주었다. 그런데도 그의 존재를 빠르게 잊어버린 건 순전히, 지금은 '옆지기지만 당시에는 친구'였던 '그 사람' 때문이었다.

결혼 이야기 2

이후 '지금은 옆지기지만 당시에는 친구'였던 그는 바쁘고 정신없는 일정 속에서도 가끔 연락을 해 왔다. 갑자기 야근을 안 하게 돼 저녁 먹을 시간이 났는데 혼자 먹는 건 좀 쓸쓸하다, 밥만 같이 먹어 준다면 고마울 것 같다, 그러면 뭐 특별한 사정이 있지 않은 한 응해 주었다. 이렇게 쓰니 꼭 자주 만난 것 같지만, 아마 한 달에 한 번 정도 만난 걸로 기억한다. 그러니까 그가 특별히 남자라고 생각되었던 적도 없고, 그가 나를 좀 다르게 보고 연락을 해 오는 건 아닐까 싶은 의구심을 품은 적도 없다. 더욱이 그의 직업은 워낙 시간적인 여유를 내기 어려운 것이라 직장 동료들끼리도 얼굴 맞대고 식사할 기회가 많지 않았다. 그러니 그와 나는 정말 말 그대로 어쩌다 보니 시간이 났고, 마침 같이 밥 먹을 사람이 필요해 같이 먹게 된 사이 정도였다.

두 번째 맞선남과 완전히 끝낸 직후 엄마가 기대를 접으시길 바라서 바로 보고를 드렸다. 혹시 이번에는 잘되어 가나 싶어 자꾸 내 눈치를 살피셨기 때문이다.

"몇 번 만나 봤는데 아닌 것 같아서 접었어요."

채 말이 떨어지기도 전에 엄마 입에선 단말마의 비명 소리가 터져 나왔다.

"대체, 왜에에에에~~~ 응? 도대체, 도대체, 왜에에?!"

질문의 형식을 띤 윽박지름이었다.

"그냥 안 맞는 거 같아서요."

역시 말이 끝나기도 전에 엄마는 연타를 날리셨다.

"뭐가 안 맞아, 응? 뭐가 안 맞았는데?"

대충 얼버무리려던 나의 계산은 완전히 빗나갔다. 엄마의 강한 추궁에 대강이라도 해명하지 않을 수 없었다. 완전히 내 잘못은 아니라는 걸 강조하기 위해 맞선남이 얼마나 쩝쩝거리며 먹었는지를 재연까지 해 가며 열심히 설명을 했다. 비록 포기하기는 했지만 나는 한때 배우를 꿈꾼 연극반 출신이었다. 앞서도 말했듯이 마광수 교수님은 나를 대학극 내 최고의 액트리스라며 극찬하셨다. 그만큼 나는 누군가를 흉내 내거나 재연하는 데도 탁월한 재능을 갖고 있었다. 내가 성의가 없거나 일부러 그런 게 아니라 어쩔 수 없이 만남을 접어야만 했다는 사실을 엄마도 인정해 주기를 바라며 으드득, 쩝쩝, 쪽쪽 소리가 났던 상황을 열심히 재연하고 있는데 느닷없이 베개가 날아와 내 뒤통수를 쳤다.

"너, 니가 잘난 거 한번 말해 봐. 잘난 게 뭐가 있는지 말해 봐!"

급작스러운 엄마의 공격에 머리가 핑 돌면서 어안이 벙벙했다. 그러게, 내가 잘난 게 뭐가 있더라, 막 생각을 쥐어짜려는데 다시 베개가 날아왔다.

"잘난 거라고는 쥐뿔도 없는 게 왜 만날 튕겨, 응? 도대체 이것도 싫다, 저것도 싫다, 누구는 이래서 마음에 안 들고 누구는 뭐가 어때서 별로라고 그러면 결혼을 어떻게 할 거야! 이제까지 니 마음에 들었던 남자 있으면 말해 봐. 아무것도 잘난 게 없으면서, 쥐뿔도 없는 인간이 이번엔 남자가 밥 먹는 것까지 마음에 안 든다고 트집 잡아서 그만둔다는 게 말이 돼? 응? 그게 정상이야?"

아, 정말 억울했다. 나는 유별 떠는 인간이 아니다. 결단코 아니다. 남자 인물 한번 따져 본 적 없고, 키를 염두에 두고 판단한 적도 없다. 재력이나 학벌 따위에 연연하지도 않았다. 그저 나랑 말이 통하고 심성 반듯하고 성실하면 된다고 늘 생각해 왔다. 하지만 쩝쩝거리면서 밥을 먹는 건 도저히 참을 수가 없는데 어쩌란 말이냐, 파도야. 정말 나를 어쩌란 말이냐. 엄마는 억울함을 항변하는 나를 무시한 채 마지막으로 오금을 박고는 방을 나가셨다.

"무조건 아무하고나 결혼해!"

그(지금의 옆지기)를 만나 이런 억울하고 처량한 내 처지를 하소연한 것도 같다. 그때마다 그는 내가 잘못한 건 없다고, 그리고 사람의 인연이라는 게 쉽게 만들어지는 건 아니라며 자분자분 이야기했다. 난 고개를 끄덕였고 꽤 괜찮은 친구라고 생각했다. 말이 잘 통했고 내 말을 들어줄 줄 알았으며 나이에 비해 어른스러웠다. 게다가 그는 지난번 말했던 자기 친구를 곧 소개시켜 주겠다고 함으로써 더 듬직한 느낌을 주었다. 나를 챙겨 주는 믿음직한 친구가 있다는 건 제법 든든한 일이었다.

아무튼 어영부영 친구로 만난 지 열 번 남짓 되었을 때, 그리고 시간은 6, 7개월 이상 흐른 어느 날 그에게서 회사로 전화가 왔다. 자기 생일이 이번 주 주말이란다. 그날 야근은 없을 것 같은데 역시 같이 밥 먹을 사람이 없다고, 타지에서 생일날 쓸쓸하게 혼자 밥 먹기 싫은데 같이 먹어 달라는 내용이었다. 생각할 필요 없이 알았다고 했다.

지금도 그렇지만 그 당시도 주말마저 바빴다. 주중에는 회사에서 야근과 철야를 반복했고, 주말에는 오전부터 오후까지 강남에 있는 학원에서 강의를 했다. 그날도 강의 끝나고 부랴부랴 집에 들어와 한 주 동안 야근이니 출장이니 하는 것들로 정신없을 터라 일주일 동안 입을 옷을 다림질했다. 방 청소를 했고, 아침마다 간단히 먹고 뛰어나갈 수 있게 일주일 동안의 먹거리도 냉장고 한구석에 쟁여 놓았다.

그러다 시계를 보니 약속 시간이 거의 다 되었다. 서둘러 머리만 대충 감고, 화장도 못한 채 집을 뛰쳐나가려는데, 비가 쏟아지고 있었다. 운동화는 젖을 것 같아서 슬리퍼로 갈아 신으려고 다시 현관으로 들어왔다. 그리고 우산을 챙기려는데, 이런 젠장. 우산이 없었다! 아, 이 대가족들. 파란 비닐우산만 덜렁 남아 있었다. 엉성한 대나무살에 얇은 비닐을 씌워 놓은, 요즘은 나오지도 않는 싸구려 그 우산을 들고 급히 약속 장소로 향했다.

빗줄기는 점점 거세지고, 그 바람에 우산살은 자꾸 뒤로 꺾이고, 슬리퍼 신은 발은 빗물에 퉁퉁 붓기 시작한 저녁 어스름. 전철역으로 뛰면서도 머릿속은 분주했다. 생일이라는데 빈손으로 가기가 뭣했다. 선물을 사 주자니 그렇게까지 친한 사이는 또 아니었다. 게다가 선물을 살 시간이 없다! 뭐를 사야 할까. 그때 눈에 들어온 게 당시 막 오픈해 인기를 끌고 있던 빵집 파*바**였다. 후다닥 들어가서 생크림 케이크를 샀다. 이제, 됐다. 안도의 숨을 내쉬었다.

약속 장소는 건대입구역 민중서림 앞. 기다리고 있던 그가 헐레벌떡 뛰어오는 나를 보고는 피식 웃었다. 왜 웃냐고 물으니 그때는 그냥, 이라고만 했다. 나중에 당시 내 모습이 어땠을지 되돌려 보니 나라도 웃었을 것 같았다. 한 손에는 파란 비닐우산이 너풀거리지, 화장기 없는 민낯에 젖은 머리는 산발해 있지, 삼선 슬리퍼를 질질 끌며 달려오지….

비가 와서 그런지 레스토랑 안은 좀 썰렁했다. 우리 포함해서 다섯 테이블에만 사람이 있었다. 식사가 나오기를 기다리는 동안, 사 들고 간 케이크를 건넸다.

"우리 둘이 먹기에는 너무 크니까 직장 가져가서 드세요. 늦게까지 야근하는 사람들한테 가볍게라도 생일 축하 인사 받으면서 나눠 먹음 좋잖아요."

그가 오른쪽으로 고개를 갸웃하더니 케이크를 받았다. 바로 서빙하는 분을 불러 조금 넓은 접시 다섯 개를 부탁했다. 접시를 받자 그가 케이크를 꺼내 망설임 없이 쓱삭쓱삭 다섯 등분을 했다. 그러고는 케이크를 나눠 담은 후 다시 서빙하는 분을 불렀다.

"여기 계시는 분들 드시라고, 나눠 드렸으면 좋겠어요."

그를 알게 된 이래 처음으로 심장이 쿵, 소리를 냈다. 처음 봤다. 내 또래의 남자가 이런 행동을 하는 건. 주변 친구들은 기껏해야 낄낄거리며 밥을 사 달라고 조르거나 선물을 주면 헤헤거리는 게 고작이었다. 주변을 챙기는 경우에도 이 정도의 마음 씀씀이를 보인 사람이 있었던가? 없다!

그는 막 나온 돈가스를 자르고 있었다. 처음으로 그를 찬찬히 바라보았다. 많이 마르고 조용하고 말이 느릿했다. 내게 인상적인 사람은 아니었다. 그러나 겪을수록 생각이 깊고, 다른 이를 배려할 줄 알며, 가볍게 행동하지 않는 사람이란 걸 알게 되었다. 새삼 그가 친숙하면서도 낯설게 느껴졌다.

그가 자른 돈가스 조각을 내 접시로 옮겨 주었다. 그러면서 처음으로 자기에 대해 이야기하기 시작했다. 이제까지 그는 주로 내 말을 들어주는 쪽이었다.

자라 온 환경, 부모님 이야기, 가정 형편 때문에 어쩔 수 없이 선택한 학교와 전공, 앞으로도 자신이 부양해야 하는 부모님과 자신이 짊어져야 하는 삶의 무게에 대해. 첫사랑 이야기와 그 사랑이 실패한 이유도 말해 주었다. 사실 그의 첫사랑 이야기는 그와 나를 모두 알고 있는 지인을 통해 이미 들어 알고 있었다. 하지만 그냥 듣고만 있었다. 그가 그동안 내 이야기를 들어준 것에 대한 답례였다.

여전히 밖에선 미친 듯이 비가 퍼부어 댔고, 빗줄기는 레스토랑 창문을 타고 폭포처럼 흘러내렸다. 사각사각. 테이블 접시 위를 오가는 나이프 소리가 레스토랑에 아늑하게 울려 퍼졌다.

식사를 마치자 그가 같이 밥 먹어 주어서 고맙다면서 계산을 하러 먼저 일어섰다. 그런데 그를 따라갈 때 문제가 생겼다. 비닐우산이 벽의 튀어나온 무언가에 걸려 주우욱 하고 찢어진 거다. 울고 싶었다. 요즘처럼 편의점이 있고 여기저기서 우산을 팔던 시절이 아니었다. 하지만 실은 우산 때문이 아니었다. 불현듯 설움이 북받쳤기 때문이다. 나는 왜 월화수목금금금 주말도 없이 일하는데도 변변한 우산 하나 들지 못하는 청춘인가 싶어서 목이 메었다. 계산을 마친 그가 돌아섰을 때 울 거 같은 표정으로 말했다.

"우산이…… 우산이 찢어졌어요."

완전히 망가진 내 우산을 보면서 이번엔 그가 조금 크게 웃었다.

"괜찮아요. 제 우산이 좀 넉넉해요."

밖에서는 여전히 비가 퍼부어 댔다. 도로가 내 천(川) 자를 이루고 있었다. 쿨렁쿨렁 소리를 내면서 밀려 내려오는 물줄기를 피하려 사람들이 종종걸음을 쳤다. 한 손에는 우산, 한 손에는 가방을 들고 막 밖으로 나가려던 그가 문득 돌아서 나를 보았다. 그러고는 자기 가방을 좀 들어 달라고 했다. 얼떨결에 받았다. 우산을 편 그가 우산을 내 쪽으로 더 기울이면서 젖지 않게 안으로 들어오라고 했다. 내 가방과 그의 가방까지 들어서 양손이 부자유스러워진 나는, 쭈뼛거리며 머리만 우산 안으로 들이밀었다. 그때였다. 그가 내 어깨로 팔을 뻗었고, 길게 둘러 감싸 안더니 나를 자기 쪽으로 끌어당겼다. 쿵. 다시 쿵.

쿵, 쿵, 쿵. 심장이 마구 뛰기 시작했다. 좌심실과 우심실이 미친 듯이 수축하며 피를 허파로 보냈다. 허파가 터질 것만 같았다. 이게 뭐지, 지금 이 상황은 뭐지? 둘이 쓰기에는 작으니 내가 비 맞을까 봐 이러는 걸까? 그의 얼굴을 흘낏 봤는데 그는 앞만 보며 묵묵히 걷고 있었다. 가방을 쥔 내 양손은 자유를 잃은 상태였고, 그는 앞만 보며 걸었다. 혼란스러웠다. 이건 도대체 무슨 상황이지?

"저기, 우리 친구인 거 맞는 거지요?"

혼돈으로 중얼거리듯 물었지만 그는 말이 없었다. 다시 또 허파가 터질 것만 같았다.

"친구인데, 친구인데 이러면…… 안 되는……"

그가 말을 뚝 잘랐다.

"자신이 많이 둔한 거 알고 있어요?"

아, 무슨 말인지 모르겠다. 내가 둔하다는 것은, 그러니까 친구지만 비는 오고, 우산은 작고, 그래도 같이 써야 하니 이럴 수밖에 없다는 건가. 그걸 뭘 물어보기까지 하냐는 그런 말인가.

계속 걸었다. 신호등이 나오면 기다렸고, 파란불이 들어오면 다시 걸었다. 비는 여전히 앞을 분간하기 어려울 정도로 쏟아져 내렸다. 발은 빗물에 퉁퉁 불어 슬리퍼 안에서 자꾸만 미끄러졌다. 걷는 내내 둘 다 아무 말도 하지 않았다. 여전히 그는 내 어깨를 안고 걸었고, 그의 손이 닿은 몸 부위만 따뜻하게 데워졌다.

하지만 나는 그가 여전히 내 물음에 제대로 답을 하지 않고 있다는 것만 의식하고 있었다. 마침내 집 앞에 이르렀고 평소처럼 대문 앞에서 예의 바르게 인사를 했다. 바래다주어서 고마워요. 비도 오는데, 피곤할 텐데, 생일인데, 얼른 들어가서 쉬어야지요.

그런데 갑자기 우산이 내 머리 위에서 사라져 버렸다. 사나운 빗줄기가 이마와 콧등을 무자비하게 때리며 목덜미를 따라 흘러내렸다. 놀라 고개를 돌려 보니 바닥에 우산이 나뒹굴고 있었다. '어, 어떻게 하지? 가방 때문에 우산을 못 드는데' 생각하는 찰나 허리가 뒤로 꺾였다. 첫 키스였다.

이후 우리는 결혼을 했다. 그날 이후 딱 9개월 만이었다. 그가 미친 듯이 결혼을 밀어붙인 덕분에 다행인지 불행인지 동생보다 7개월 먼저 결혼할 수 있었다.

한참 시간이 지난 뒤 갑자기 그 시절 생각이 나서 옆지기에게 물어본 적이 있다. 당시 소개해 준다던 그 친구는 어찌 된 거냐고. 옆지기는 거실에서 뒹굴다가 심드렁하게 대답했다.

"당신은 여전히 좀 바보야. 내가 미쳤어? 당신 소개팅을 시켜 주게?"

기가 막혀서 그럼 거짓말한 거냐고 따지니 그건 또 아니란다. 처음엔 정말 친구랑 만나게 해 줘도 괜찮겠다 싶었는데 시간이 좀 지나니 그러기 싫어지더란다. 내가 왜? 하는 생각이 들었다고. 결국 나를 만날 때마다 소개팅을 시켜 주겠다고 한 건 거짓말이었던 셈이다. 당시 나는 그 소개팅을 내심 기대하고 있었는데 말이다. 내가 이 결혼을 '사기 결혼'이라고 보는 첫 번째 이유다.

이 결혼이 사기 결혼이라고 생각하는 심각한 이유는 사실

따로 있다. 어느 날 나는 보았다. 옆지기가 식탁에서 먹는 모습을 말이다. 라면 국물을 후루룩 후루룩 들이마시고, 어그적 어그적 총각무를 씹어 대고, 쩝쩝거리며 고기를 씹어 먹는 광경을. 아, 이게 어찌 된 일이란 말인가. 심지어 옆지기는 큰 소리로 트림도 한다.

아, 난 속았다. 그런데 이 사기는 당최 누가 누굴 속인 걸까.

쌍꺼풀이 없는데 어떻게 예뻐요?

첫아이는 예정보다 열흘 일찍 태어났다.

임신, 출산에 대해 물어볼 언니가 없는 데다 낯선 강원도 횡성읍에 신혼살림을 차려 주변에서 도움받을 만한 사람이 없었다. 지금처럼 인터넷으로 정보를 찾을 수 있는 환경도 아녔다. 당연히 임신과 출산에 대해서는 무지 그 자체였다.

출산 예정일로부터 열흘 전이었다. 정기 진료를 받으러 서울에 갔다. 진료 전날 친정집에 머무르는데 새벽부터 살살 배가 아파 왔다. 아침엔 솔개가 날카로운 발톱으로 배를 쥐어뜯기라도 하듯이 통증이 심해졌다. 주워들은 말로는 극심한 진통을 겪다가 하늘이 노랗게 보일 때쯤에야 아이가 나온다고 했다. 책에는 '가(假)진통'이라는 말도 쓰여 있었고.

'그래, 이건 '가진통'이야.'

나는 무지할 뿐만 아니라 귀차니즘이 심해, 내가 정해 놓은 틀에 상황을 우겨 넣고는 그대로 믿어 버리는 무식함마저 장착한 인간이었다. 이번에도 그냥 '가진통'이라고 확신해 버렸다. 배가 뒤틀리는 듯한 통증이 간헐적으로 왔지만, 진짜배기 진통이라면 설마 이만하겠어?, 라고 편히게 생각힌 것이다. 그리고 정기 검진을 받으러 가겠다며 씩씩하게 친정집을 나섰다.

진료를 마친 의사는 경악했다. 혹시 병원 오기 훨씬 전부터 배가 아프지 않았느냐고 물었다. 그렇다고 했다. 의사는 이미 아래 '문'이 벌어지고 있으며 출산이 시작된 상태라고 했다. 그러고는 다급하게 간호사를 불러 출산 준비를 지시했다. 의사는 나를 돌아보며 크게 나무랐다. 이렇게 무식하게 참는 임신부는 처음이란다. 통증이 오면 바로 병원으로 왔어야지 이 지경이 될 때까지 뭐 했느냐는 것이다. 얼떨결에 분만실로 끌려 들어갔다.

사실 진료 끝나면 병원 바로 앞에 있는 곰탕집에서 뜨끈한 곰탕을 먹을 생각이었다. 나름 맛집으로 알려진 곳이라 일부러 아침도 거르고 나왔다. 쥐어뜯기는 듯한 배를 살살 달래면서 병원으로 오는 동안 곰탕 생각만 간절했다. 그런데 느닷없이 분만실로 끌려 들어가자 황망하기 이를 데 없었다. 더욱이 간호사는 관장까지 해야 한다고 했다. 아침을 굶었다니, 간호사는 오히려 잘됐다며 반색을 했다. 바로 출산하러 들어갈 수 있겠다면서.

'문'이 열린 상태라더니 이후로 7시간 동안 진통만 이어졌다. 의사가 여러 번 왔다 갔고 손가락을 넣어 내진(內診)도 했다. 그러더니 아무래도 자연분만은 힘들 것 같단다. 문이 더는 안 열리고 아이 머리도 보일 생각을 않는다는 것이다. 진통으로 온몸이 땀에 흠뻑 젖었다. 의사는 수술을 권했다. 계속 안 하겠다고 하자 의사가 산모와 아이 둘 다 위험하다며 호통을 쳤다. 결국 수술을 결정했다.

극심한 진통에 온몸이 뒤틀리면서 수술실로 옮겨졌다. 혈관에 여러 개의 바늘이 꽂혔고, 척추가 있는 등줄기에 무언가 큰 바늘을 찔러 대는 느낌이 왔다. 규칙적으로 밀려들던 통증이 다시 찾아오자 신음 소리를 내다가 기절해 버렸다. 아마 마취돼 정신을 잃은 듯하다.

이후 내용은 내 기억이 아니라 어머님이 들려준 것이다.

회복실로 옮겨진 나를 가장 먼저 본 건 어머님이었다. 어머님은 내가 가느다랗게 눈을 뜨자 손을 잡고 좀 어떠냐고 물으셨단다. 그러자 이렇게 말하더란다.

"아이한테 쌍꺼풀이 있나요?"

사실 친정은 선 굵은 쌍꺼풀을 지닌 엄마를 닮아 오 남매 중 네 명이 다 쌍꺼풀을 가지고 있다. 반면 시가에는 사돈의 팔촌까지 뒤져도 쌍꺼풀 있는 사람이 한 명도 없다. 단 한 명도 말이다! 엉뚱한 내 질문에 어머님은 당황하셔서 잠시 말을 더듬으셨다고 한다.

"야야(경상도에서 말 시작 전에 붙이는 감탄사)~~ 쌍꺼풀 없어도 아가 참허고 이쁘다~"

그 말에 나는 이렇게 말하면서 큰 소리로 울기 시작했다고 한다.

"쌍꺼풀이 없는데 어떻게 이쁠 수가 있어요, 쌍꺼풀이 없는데 어떻게요, 그건 못생긴 거잖아요, 엉엉~~"

어머님은 그저 멍하니 서 계셨고, 한참을 울던 나는 다시 기절해 버렸단다.

아, 그런데 정말이지 내겐 그 기억이 없다. 전혀 없다. 대체 내가 왜 그 시점에 아이의 손가락, 발가락 유무(有無)가 아닌, 쌍꺼풀의 유무를 물어본 건지, 그리고 왜 쌍꺼풀이 없다는 사실에 그토록 낙담하면서 통곡을 했는지 지금도 모르겠다. 마취가 덜 깼던 건 맞지만 그때 왜 그런 질문을 한 건지는 아직도 미스터리로 남아 있다. 평소 외모에 별다른 관심이나 특별한 기준을 가지고 있었던 것 같지도 않은데 말이다. 게다가 남편 외모를 비롯해 시댁 분들의 외모에 그다지 불만도 없었다(고 여전히 믿고 있다).

그때 내 무의식 속에서는 도대체 무슨 일이 벌어지고 있었던 걸까.

오, 구구단

첫애를 수술로 낳아 둘째도 그러기로 했다. 수술하기로 한 날, 씩씩하게 온갖 필요한 짐을 챙겨 룰루랄라 병원으로 갔다. 실상 긴장되고 겁이 났지만 처음 겪는 일도 아녀서 '까짓것 눈 한번 질끈 감고 나면 되는 거야', 라고 뛰는 심장을 토닥토닥 달래며 담대한 척했다.

수술복을 입고 수술실에 실려 들어갈 때까지만 해도 마음의 평온은 유지되었다. 그런데 썰렁하다 못해 춥게 느껴지는 수술실에 들어가자 덜컥 겁이 나기 시작했다. 생각해 보니 첫애 때는 통증이 심해 거의 정신이 안드로메다에 가 있었다. 그런데 이번에는 제정신인 상태에서 마취에 들어가려니 새삼 걱정이 되었던 것이다.

'잠깐, 이거 전신마취잖아? 만약 마취 들어갔다가 못 깨어나면 어떻게 되는 거지? 이대로 세상과 굿바이하는 거야? 조

금 이따 혈관에 바늘이 들어오겠구나. 아, 싫다, 바늘은 무조건 싫어, 무서워.'

여러 상황이 뇌리를 스치고 지나가면서 온몸의 세포가 긴장으로 곤두서기 시작했다. 추위는 추위대로 전해졌다. 바늘 몇 개가 손목의 혈관을 파고드는 끔찍한 느낌이 이어졌고 링거 병이 눈앞에서 흔들렸다.

"다 들어갔어?"

의사의 말에 간호사가 뭐라 웅얼거렸다. 그때였다. 날카롭고 예리한 그 무엇이 아랫배를 쿡 찔렀다.

"악-!"

당황한 의사가 물었다.

"아파요?"

"아프니까 소리 지르죠. 공연히 소리 지를까요? 아얏~"

이번엔 의사가 내 허벅지를 꼬집으며 물었다.

"아파요?"

"악-! 아파요. 아니 왜 남의 다리를 꼬집어요? 엉엉~"

의사가 황급히 간호사를 돌아보며 말했다.

"아직 마취 안 된 거 같은데. 하나 더~!"

간호사는 움직였겠지만, 정작 내 눈앞에는 천이 드리워져 있어서 그들이 무얼 하는지 보이지는 않았다. 잠시 후 의사가 천을 제치며 내게로 얼굴을 들이밀고는 부드럽게 웃으면서 물었다.

"본인 지금 몇 살이에요?"

대답했다.

"집은 어디에요?"

대답했다.

"대학 입학 연도는 기억나나요?"

물론이다. 대답했다. 의사 말투가 조금 퉁명스러워졌다.

"구구단 외운 거 기억나나요?"

"네, 기억나요."

"그럼 구구단 부를 테니 대답해 보세요."

참고로 말하자면 난 숫자를 정말 좋아한다. 아주 많이 좋아한다. 그러니까 이를테면 이런 거다. 사람들이 감정적이나 감상적으로 말하는 걸 들으면 짜증이 밀려오는 데 반해 같은 내용을 숫자로 표현하면 매우 감동받는 식이다. 예를 들어 "난 그녀를 정말 사랑해. 목숨도 버릴 수 있을 만큼"이라고 누군가 말하면 짜증이 나서 쏘아붙인다. "뭔 오버야~? 목숨도 버릴 수 있을 만큼이라는 게 어느 정도인 건데?" 그런데 "난 그녀를 정말 사랑해. 10단계까지 사랑이 있다면, 9단계 정도는 된다고 볼 수 있어"라고 말하면, "아, 정말 사랑하는구나" 하며 감동받는다.

아무튼 의사가 묻기 시작했다. 그리고 나 역시 최선을 다해 대답을 했다.

"구칠은?"

"63요."

"팔오는?"

"40요."

"육팔은?"

"48요."

"칠팔은?"

"56요."

이쯤 되니 의사 목소리에서 슬슬 짜증이 묻어났다.

"구오?"

"45요."

"팔사?"

"32요."

의사의 말이 점점 빨라졌고, 내 대답도 같이 빨라졌다. 난 솔직히 신이 났다. 앗싸~~ 내가 좋아하는 숫자가 다량으로 나오고 있었다. 고등학교 졸업하고 이런 질문 받은 게 얼마만이냐.

의사가 심통이 난 목소리로 물었다.

"11 곱하기 11은?"

"121요."

"12 곱하기 12는?"

"144요."

"16 곱하기 16은?"

"256요."

"25 곱하기 25는?"

"625요."

의사는 모르리라. 내가 고등학교 시절 수학 시험 볼 때 계산하는 시간을 줄이기 위해서 꽤 많은 곱하기의 결과 값을 외우고 있었다는 사실을 말이다. 50단까지 외우고 있었다. 그걸 자랑할 수 있는 흔치 않은 기회인데 어찌 즐겁지 않겠는가. 난 신이 나서 의사의 질문에 막힘없이 대답했다. 끝이 날 것 같지 않던 구구단 암송(?) 대결은 그러나 아주 어이없게 막을 내렸다.

느닷없이 의사가 질문의 방향을 180도로 확 비틀었기 때문이다.

"현재 본인 몸무게는요?"

응? 내 몸무게는 갑자기 왜? 수술실 들어오기 전에 방금 쟀는데 기록을 안 했나?

막 대답을 하려는데 마치 전구의 필라멘트가 끊어지듯 의식이 확 꺼져 버렸다. 이후는 깜깜한 암흑이었다.

수술이 끝나고 회복실로 회진하러 온 의사는 어이없다는 듯 나를 내려다보면서 웃었다. 나처럼 마취가 쉽게 안 되는 환자도 드문데, 구구단을 그렇게 잘 외우는 사람도 처음 본다면서. 심지어 하도 열심히 대답하는 바람에 짜증도 좀 났다면서 다시 웃었다. 구구단을 물으면 대부분 버벅거리다 쉽게 마취가 되어 의식을 잃는데, 나하고는 무슨 '구구단 외우기' 시험 보는 기분이었다나.

그런 의사에게 이 말은 차마 하지 못했다.

"저는요, 누가 물어보면 대답을 꼭 해야 한다는 강박증 같은 게 있어요. 모르면 찾아봐서라도 대답을 하는 사람이 저라는 사람인데, 왜 하필, 그것도 제가 가장 좋아하는 숫자를, 구구단을 물어보셨나요? 왜요, 왜 그러셨어요, 네?~~~~"

그나마 그때는 마취 과정에서 아파 그 정도로만 대답한 거라는 말도 꾹 참았다.

그녀들의 책상엔 가족사진이 없다

대학을 갓 졸업하고 들어간 직장의 사수는 '재갈 마녀'라는 별명을 가진 사람이었다. 철두철미하다 못해 어찌나 지독하게 일을 꼼꼼하게 처리했던지 팀이 다시 꾸려질 때면 모두 그녀 밑에서는 일하지 않으려고 기를 썼다. 그녀의 별명을 '제갈공명'의 '제갈'로 잘못 알아듣고 '아, 마녀이긴 하지만 현명한 사람인가 보구나' 하고 생각하는 이들도 있었는데 현명한 사람인 건 맞겠지만 재갈이 그 의미는 아니었다.

그녀는 한번 말을 시작하면 구구절절 팩트에 기반해 조목조목 파고들었다. 하나하나 적확한 지적만 따박따박 늘어놓는 바람에 그녀 앞에서는 누구도 입을 뻥긋 못했다. 말이 끝나기만을 바랄 수밖에 없었다. 혹여 상사랍시고 혹은 나이 먹은 남자랍시고 그녀의 말에 어설프게 한두 마디 던졌다가는 어김없이 그 자리에서 가루가 되게 까이고는 했다. 나이, 직급,

성별 뭐 이런 걸 내세워서 조금이라도 자신의 권위를 부당하게 세우고자 했던 사람은 누구나 매우 공평하게 만인이 보는 앞에서 체면을 구기거나 자신이 업무에서 얼마나 무능한지를 증명하게 되었다. 그러니까 그녀의 별명은 다른 사람들 입에 '재갈'을 물린다는 뜻에서 만들어진 것이었다.

그녀는 항상 야근 아니면 철야를 했다. 그 길고 긴 시간 동안 그녀는 일의 매 단계를 매의 눈으로 반복해서 훑어보았다. 숨소리 하나 없이 사각사각 종이 넘어가는 소리와 그에 맞춰 기계적으로 굴러가는 그녀의 시선은 마치 로봇을 연상시켰다. 그 모습에 사람들은 지질려 했다.

입사한 지 얼마 안 돼 그녀에 대한 '전설'을 들을 수 있었다. 오래전 그녀는 회사가 하마터면 수천만 원을 손해 볼 뻔한 일을 막았다고 한다. 이미 윗사람의 오케이 사인이 떨어져 막 최종 단계로 넘어가려던 일을, 순전히 무언가 이상하다는 감만으로 멈추게 한 후 전 공정을 다시 확인해 결정적인 문제점을 찾아냈다고 한다.

이로 인해 회사 내 최고 실세인 기획조정실장의 대학 동기였던, 그 일을 담당했던 부서 팀장은 중징계를 받았다는데, 징계도 징계지만 망신이란 망신은 다 당했다는 데 더 큰 의미가 있는 사건이었다고 한다. 왜냐하면 그 팀장은 자신은 대한민국 최고 대학을 나온 엘리트라고 아무 때나 떠드는 게 입버릇이었고, 늘 어깨에 힘을 주고 다니며 남들을 개무시하는 게 기본 태도였던 사람이었기 때문이다. 하도 거들먹거려 어깨가 콘크리트로 되어 있나 의구심이 들 정도였단다. 만인이 보는 앞에서 개망신을 당한 이후 그는 꿔다 놓은 보릿자루처럼 사무실에 찌그러져 있게 되었다는 아름다운(?) 전설이었다.

물론 중징계를 받은 이후 그 팀장은 그녀가 하는 일이라면 사사건건 물고 늘어지는 버릇이 생겼다고 한다. 온갖 트집을 잡고 다니는 바람에 그 팀장과 그녀 사이에 끼여 일을 처리해야 하는 사람들만 이만저만 피곤한 게 아니란 얘기도 들었다. 그녀가 잘못한 일이 아닌데도 그 사건 이후 그녀는 악명(?)을 떨치게 되었고 말이다.

아무튼 아무도 그녀와 같이 일을 하려고 하지 않아서 막 입사한 내가 그 팀에 들어가게 되었다. 그녀는 소문대로 매사에 꼼꼼하고 완벽을 지향하는 사람이었다. 하다못해 서류에 스테이플러 찍는 방향까지 지정해 주었다. 그래야 하는 이유도 설명해 주면서. 처음엔 이런 태도에 사내 평판이 사실인가 싶어 두려움이 일기도 했다. 하지만 처음에는 '뭘 그렇게까지 하나' 싫었던 그녀의 지적들이 시간이 지날수록 타당성이 있다는 걸 알게 되면서 두려움도 불편함도 점점 더 걷혀 갔다.

그녀는 좀 이상한 힘을 가지고 있었다. 논리적인 사람은 아니었다. 그저 현장에서 열심히 최선을 다해 일하면서 알게 된 것이 많은 사람이었다. 직접 부딪혀 얻은, 정직한 깨달음이 많은 사람이랄까? 그래서 '감'이 잘 들어맞았는지도 모르겠다. 그녀는 솔직했고, 일 얘기를 할 때 일 이외의 다른 사심은 없는 사람이었다. 나는 보이는 이미지와 달리 매사 순종적이고 수용적인 성격 탓에(진짜다.-- 천성적으로 어떤 것이든 일단 수긍부터 하고 보는 성격이다. 아, 진짠데…) 그녀와 호흡을 맞추는 게 그다지 힘들지 않았다.

그녀는 일의 단계마다 자신이 먼저 검토를 하고 다시 나에게 검토를 하라고 맡겼다. 자신조차 믿지 않았던 것이다. 자신도 언제든 실수할 수 있다고 생각했고, 그렇기에 교차 검토만이 답이라고 믿었다. 그래서 그녀는 교차 검토를 우습게 아는 사람들을 좋아하지 않았다. 또한 앞에서 한 번 검토했는데 뭘 그렇게까지 하나 싶어서 설렁설렁 훑는 사람들에게는 바로 눈앞에서 무엇이 잘못되었는지를 보여 줌으로써 경각심을 일깨웠다. 돈을 받으면 받은 만큼, 지위가 있으면 그 지위만큼 업무를 책임지는 것이 양심적인 태도라는 게 그녀의 신념이었다.

어느 날 구내식당에서 식사를 하고 있을 때였다. 누군가 조심스럽게 물었다. 그녀가 결혼을 했느냐고. 다들 잘 모르겠다는 표정이었다. 아무리 회사라도 다들 어느 정도는 서로의 사생활을 알고 있었는데 그녀에 대해선 제대로 알고 있는 사람이 없었다. 나도 궁금했다. 그래도 회사에서 그녀와 가장 가까운 사람을 꼽으라면 나일 텐데, 그런 나조차 그녀에 대해 아는 게 별로 없었다. 우리는 주로 일 이야기만 했고, 좀 더 나아가 봐야 최근 개봉된 영화 소식을 나누는 정도였다.

서로 갸웃거리고만 있을 때 평소 그녀와 사이가 좋지 않던 다른 팀 팀장이 입을 열었다.

"결혼했을 거 같아? 그 성격에? 안 했다, 아니 못했다에 한 표!"

그러자 다른 누군가 또 입을 열었다.

"아, 결혼을 했다면 그렇게 야근과 철야를 밥 먹듯 하긴 힘들지. 솔직히 여자들 결혼하면 회사는 뒷전이잖아. 지들 잘 살 궁리만 하지, 뭐 회사를 위해 헌신하는 자세는 찾아보기 어렵잖아."

평소 여자들의 승진은 제한해야 한다고, 여자들이 책임 있는 자리에 올라가면 회사 일이 잘 돌아가지 않는다고 주장하던 대리였다. 남자들은 회식에 빠지지도 않고 회사 분위기를 위해서는 불철주야를 가리지 않고 노력하는데 여자들은, 특히 결혼한 여자들은 꼭 가정 핑계 대고 회식도 1차만 하고 빠져나간다며 입에 거품을 물며 못마땅해하던 사람이었다. 그래선지 그는 자신의 소신(?)과 신념대로 근무 시간에도 바둑을 좋아하는 상무님과 2, 3시간에 걸쳐 바둑을 두어 드리는 불굴의 투혼을 발휘했으며, 주말마다 주로 이사나 부장들로 구성된 산악팀 모임에 귀염둥이 막내이자 수발드는 멤버로 빠지지 않고 참석했다.

"일단 여자는 인물이야, 인물. 좋은 대학 나오고 그런 건 솔직히 더 매력 없어."

또 다른 팀 대리인 이 사람은 내 학벌도 아주 마뜩잖아 했다. 건방 떨지 말고 한 살이라도 어릴 때 시집가는 게 자신을 비싸게 파는 가장 좋은 방법이라고 역설하는 인간이었다. 더 나이 들어 노처녀 소리 듣기 시작하면(노처녀의 기준을 스물아홉으로 잡았음) 재취 자리까지 선이 들어온다며 무슨 나와 혈연관계라도 되는 양 충고한 적도 있다. 그런데 정작 자신은 서른을 넘기고도 결혼을 못한 상태였다. 정수리는 벌써 머리카락이 듬성듬성해지고 말이다.

신입사원인 나는 그 자리에서 보태고 더할 말이 없었다. 다 나보다 윗사람들이었고 그런 자리에서는 입을 다물어야 한다는 건 딱히 누군가 무릎에 앉혀 놓고 일러 주지 않아도 저절로 알 수 있었다. 하지만 불편했다. 그녀의 사생활이, 회사 일과는 1도 관계없는 개인적인 상황이 그녀가 없는 자리에서 도마 위의 생선처럼 놓여 잘근잘근 난도질당하는 건 부당했다. 그날 나는 먹은 게 소화가 안 되어 소화제를 여러 알 삼켜야만 했다. 이후 회사에는 그녀가 독신이라는 게 기정사실처럼 알려져 떠돌아다녔다.

회사 사람들이 쑤군거리거나 말거나, 그녀와 일하는 건 의외로 즐거웠다. 매일 무언가를 배울 수 있었다. 그것도 제대로. 그녀는 전체를 조망하면서 각 단계를 실행하는 눈을 길러주었다. 그런 시각은 내가 이 일을 왜 하고 있는지 돌아보게 했고, 각 단계의 일을 조금 더 꼼꼼히 살피게 함으로써 무언가를 해내고 있다는 자부심도 품을 수 있게 했다.

사실 난 회사 따위 들어가고 싶지 않았던 인간이었다. 합격증을 받아 들고도 등록금을 구하지 못해 울고 또 울면서 발길을 돌릴 수밖에 없었던 대학원에 미련이 크게 남아 있었다. 조금만 돈을 모으면 언제든지 그만두겠다고 입술을 앙다물면서 무작정 처음 합격한 회사에 들어갔다. 그런데 그녀 덕분에 의도치 않게 일이 재미있어진 것이다.

어느 정도 그녀와 친해졌다고 느낀 어느 날, 타고난 성격 그대로 그녀에게 단도직입으로 물었다.

"팀장님, 결혼은 하셨어요?"

그녀가 움찔하는가 싶더니, 털털하게 웃었다. 그러고는 짧게 대답했다.

"응. 그런데 왜 물어?"

나는 또 솔직하게 답했다.

"사람들이 팀장님 결혼 안 했다고 하길래요, 정말 그런가 싶어서요."

그녀가 다시 웃었다.

"난 사생활 얘기 잘 안 해."

그러면서도 우리의 이야기는 이어졌다.

"아이도… 있어요?"

"응, 여섯 살짜리 딸 하나."

"아, 그런데 이렇게 야근 많이 하셔도 되어요?"

"그러게 말야, 며칠 전에는 오랜만에 일찍 들어갔잖아. 그런데 애가 유난히 말을 안 듣고 떼를 쓰는 거야. 그래서 너 이렇게 자꾸 말 안 듣고 떼쓰니까 엄마가 야근 많이 하고 그러는 거잖아, 그랬거든. 그랬더니 이 녀석이 엄마가 만날 늦게 들어오니까 내가 떼를 쓰는 거지, 그러는 거야. 누굴 닮아 입이 그렇게 야문 건지, 허허허."

순간 심장이 저릿했다. 그랬구나. 그런데 결혼 안 한 사람이라는 오해까지 받을 만큼 물불 안 가리고 일하고 있었구나.

"책상에 가족사진 하나 없고 평소에 남편이니 딸이니 하는 말을 하시는 걸 들은 적이 없어서 저도 팀장님이 미혼이신 줄 알았어요."

그러자 그녀가 한숨을 내쉬면서 말했다.

"그거 알아? 남자가 사무실 책상에 가족사진 놓아두면 가정적이라고 여직원들이 좋아해. 그리고 윗사람들도 가정을 가지고 있고 가족에 대해 저 정도 책임감 있는 놈이면 중요한 거 맡겨도 되겠다, 신뢰를 하지. 그런데 여자가 자기 애 사진 떡하니 책상에 놓아두면 뒤에서 뭐라고 할 거 같아? 하여튼 여자는 이래서 안 돼, 직장까지 와서도 가정이 우선인 게 여자들이야, 라고 뒷말을 해. 중요한 건 안 맡기고, 그래서 할 수 없었던 중요한 일로 인해 승진에선 누락되지. 승진에서 누락되고 나면 그 다음 수순은 회사를 나가는 거야. 그렇다고 해서 우리가 남자들하고 어울려 2차, 3차까지 따라가 술을 마시면서 정치를 할 수도 없잖아. 심지어 3차부터는 여자는 끼

기도 어려운 자리가 많은데 말야. 결국 일로 승부할 수밖에 없는데……. 그래, 생각해 보니 그런다고 해도 욕을 먹겠구나. 너무 재수 없이 일만 한다고, 사회생활 할 줄 모른다고. 이래저래 욕먹을 수밖에 없겠구나."

이후 그녀와 그런 종류의 대화를 다시 나눈 기억은 없다. 아마 처음이자 마지막으로 나눈 개인적인 대화였을 것이다. 그러나 그날 그녀의 말들은 귀로 흘러들어 와 심장에 박혔다.

얼마 후 나는 다른 회사로 스카우트되었고, 그녀 역시 더 높은 직급을 달고 다른 회사로 옮겨 갔다. 이후 그녀와 연락이 끊겼다. 세월은 벼락이 내리꽂히듯 빠르게 지나갔다. 비록 그 이후 그녀의 소식은 전혀 듣지 못했지만 그녀 역시 나처럼 이 사회 어느 구석에서 자기 자리 하나 만들겠다고 미친 듯이 살았을 것이 분명하다고 믿고 있다.

사회생활을 한 지 이십 년이 훌쩍 지난 지금도 나는 가족사진을 사무실에 놓아두지 않는다. 젊고 빛나던 날의 내 사진만 덩그러니 올려놨다. 그리고 직장에서 아이나 가족에 대한 이야기는 될 수 있으면 삼간다. 자식 교육에 관한 것은 아예 언급도 하지 않는다.

예전 그녀의 말이 다 옳다고 생각하지도 않고, 꼭 그래야 사회생활을 잘하는 사람이라고 믿는 것도 아니다. 단지 그리 살아온 '그녀들'의 세월을 존중하는 마음에서 그러는 것 같다. 그녀들이 견딘 세월이 좀 미안해지면, 가끔 재갈 마녀, 이 세상 어딘가에 있을 그녀가 그리워진다.

참, 올해 초, 전근 온 여선생님이 조심스럽게 내게 물었다. 혹시 결혼은 했느냐고, 독신은 아니냐고. 왜 그렇게 생각했는지 물으니 어쩐지 혼자 사는 여자의 분위기가 있다고 하셨다. 문득 '재갈 마녀'가 떠올랐다. 그러면서 궁금해졌다. 혼자 사는 여자의 분위기는 대체 뭘까?

사라진 밀크티 골드

빌어먹을, 기억이 안 난다. 찬장 이곳저곳을 아무리 뒤져도 밀크티가 안 보인다. 지난겨울 대만 다녀오면서 왕창 사다가 주방 어딘가에 쟁여 놓은 건 분명한데, 어디에 두었는지 도통 기억이 안 나 급기야 짜증마저 스멀스멀 기어 올라왔다.

갑자기 부드럽게 넘어가는 차를 마시고 싶다는 생각이 간절해졌다. 까끌까끌하던 목구멍이 따끔따끔해졌다. 입 안은 잠시 소태를 물었다 뱉어 낸 것처럼 썼다. 차를 못 찾을수록 꼭 찾아 마시고야 말겠다는 욕구에 불이 더 붙었다. 그 차를 마셔야만 쓰고 있던 글을 완성할 수 있을 것만 같았다.

문득 밀크티에 얽힌 아주 오래된 일이 떠올랐다. 그러니까 아주 오래전이다. 결혼을 하고 아이 둘을 낳아 기르면서 결국 그만두게 된 직장에서 한창 미친 듯이 일하던 시절의 일이다.

제법 큰 회사였지만 우리 팀은 사람이 딸랑 셋이었다. 대부분의 직장이 그렇듯 기획부터 총판까지 셋이 해내야 할 일은 하루도 빠짐없이 쌓이는 게 일상이었다.

그런데 가장 큰 문제는 팀장이 늘 바빴다는 거다. 일로 바쁘면 다행인데 비밀스런 사생활로 바빴다. 나와 팀장을 제외한 다른 한 사람을 소개하자면 그는 천성적으로 느긋했다. 그런 사람들이 으레 그렇듯이 그는 일을 잘 몰랐고 일을 배우겠다는 의욕도 없어 보였다. 언제나 일을 후순위로 두기 때문에 자리에서 일을 하고 있을 때보다 다른 부서를 돌아다니며 사람들을 붙잡고 시시껄렁한 농담을 하는 시간이 더 많을 수밖에 없었다.

결국 나는 이 두 사람 몫의 일까지 해내느라, 거의 매일 혼자 야근하며 많은 일을 구워삶아야만 했다.

아무리 일이 바빠도 팀장은 거의 매일 칼퇴근을 했고, 또 가끔, 때때로, 자주 조퇴를 했다. 조퇴하는 날이면 어김없이 사무실 복도에서 한껏 숨죽여 누군가와 통화를 했다. 아내 몰래 만나던, 초등학교 동창이라던 애인이었다.

이 비밀스러운 연애를 감지한 것은 무슨 특별한 계기가 있어서는 아니었다. 휴대폰을 손에서 떼지 않는 팀장의 여러 행동이 알려 주었다고 봐야 한다. 팀장은 문자를 확인하다가 한숨을 크게 내쉬기도 하고, 또 어떤 날은 휴대폰을 들여다보다가 실실 웃고, 또 하루는 밖에서 통화를 하고 들어와서 공연히 씩씩거리다가 내가 올린 기안을 말도 안 되는 트집을 잡아 반려하기도 했다. 버럭버럭 소리를 지르고 화를 내면서 말이다.

물론 의도한 건 아닌데 결정적인 단서를 포착한 적도 있다. 내가 기획한 일이 마침 시장 흐름과 맞아떨어져 회사 창립 이래 드문 실적을 올린 다음 날이었다. 축하 겸 격려를 위해 회식 자리가 마련되었다. 옆 부서 그리고 이사 한 명도 함께했다.

술자리가 한창 무르익었을 때 내 옆에 앉은 팀장이 화장실에 가려고 일어났다. 술이 좀 취해선지 평소 자신의 반쪽처럼 여기던 휴대폰을 테이블에 놓고 갔다. 그때 나는 무슨 핑계를 대면 이 자리에서 벗어날 수 있을까 하는 생각에만 빠져 있었다. 아무리 내가 주인공이라도 어차피 다니고 싶지 않은 회사였다. 월급만 바라보며 견뎠다. 아침마다 방바닥에 들러붙으려는 몸뚱이를 애써 일으켜 세워 겨우겨우 출근하던 곳이었다. 이런 마음으로 다니는 직장의 회식이란 재미도 없고 쓸쓸하기만 했다. 코를 처박듯 고개를 숙이고 있던 그때, 팀장의 휴대폰이 반짝 빛나는 게 보였다. 어찌 된 일인지 바로 문자가 떴다. 가로로 갈라져서 열린 판도라의 상자에는 어지간해서는 눈 한번 꿈쩍도 않는 나조차 움찔할 만한 내용이 펼쳐져 있었다. 놀라 반사적으로 고개를 든 순간, 팀장이 허겁지겁 다시 돌아와 휴대폰을 낚아채듯이 가져갔다. 잠깐 나를 흘깃 보는 게 느껴졌다. 그래, 짐작이 맞았구나.

팀장이 아무리 소리를 죽여 가며 통화해도 통화 장소가 사무실 앞 복도였고, 거의 늘 혼자 일하느라 적막한 사무실이다 보니 원치 않아도 통화 소리를 듣지 않을 수 없었다. 주 내용은 조퇴하고 어디로 먹으러 갈 거냐였다. 팀장은 먹는 걸 워낙 좋아했다. 구내식당 급식이 안 좋으면 그것만 갖고 두 시간은 족히 불평불만을 떠들어 댈 수 있는 사람이었다. 자신의 절대 미각을 자랑했으며 그렇기에 음식 솜씨 없는, 아니 어쩌면 팀장의 기준에는 미달인 아내만 믿고 있다가는 아무래도 굶어 죽을 거 같아서 요리를 시작했노라고 자랑하는 인간이었다. 맛없는 거 먹기를 죽기보다 싫어했다. 애인과 나누는 주 통화 내용이 먹는 것일 수밖에 없는 이유였다.

팀장은 애인과 먹을 것에 대해 사뭇 진지하게 얘길 나누다 대통합을 이룬 날엔 반드시 조퇴를 했다. 서울 동북쪽에 위치한 우리 회사에서 그녀가 살고 있는 수원의 어느 신도시까지는 아무리 외곽순환로를 타고 달린다고 해도 결코 짧은 거리가 아니었다. 그러니 조퇴를 해서 남들보다 이른 시간에 움직여 점찍어 놓은 맛집으로 가는 게 여러모로 유리했으리라. 비밀스러운, 그러나 생각해 보면 흔하디흔한 문자 내용을 엿본 후 이전까지 이해 불가였던 그에 대한 모든 것이 몽땅 이해되기 시작했다. 득도라도 한 것처럼 모든 게 환하게 보였다.

이미 말한 것처럼 팀의 두 사람은 각자의 이유로 바빴기 때문에 사무실에서는 '바쁘지 않은' 나 혼자만 바빴다. 낮이고 밤이고 일에 파묻혀 살짝 혼이 나가 있는 경우가 대부분이었다. 연애도 못하고 일만 죽어라 하고 있던 내가, 팀장의 연애에 한 가지 불만이 있었다면 그토록 절대 미각을 자랑하며 먹는 것 하나하나 까다롭게 구는 사람이 이상하게도 사무실 간식은 늘 내게 맡겼다는 것이다.

물론 팀장도 가끔 생색을 내기는 했다. 슈퍼에서 500밀리리터짜리 생수를 시켜 주거나 대폭 할인하는 이상한 과자 나부랭이를 박스째 가져다 놓는 게 문제였을 뿐. 할 수 없이 이것저것 구색 맞춰서 간식을 챙기는 건 늘 내 몫이었다.

그러던 어느 날, 여전히 '먹는 것'이 주제가 되어 잡담을 하던 중, 우연히 립톤 '밀크티'와 립톤 '밀크티 골드'의 차이에 대해 이야기한 적이 있다. 그냥 밀크티와 밀크티 골드는 부드러움과 감기는 맛이 많이 다르다고, 친구가 홍콩 다녀오면서 사다 준 '골드'의 맛을 본 이후 그냥 '밀크티'는 마시기 싫어졌다고 내 특유의 과장이 섞인 말투로 떠들었던 것 같다. '맛있다'는 표현이 가지고 있는 끌어당김을 그냥 스쳐 갈 팀장이 아니었다. 바로 며칠 뒤 내가 말한 립톤 밀크티 골드를 구해 왔다. 일에 대한 성실성이나 진솔함은 없었지만 이런 재주는 또 남다른 사람이었다. 그날로 사무실에는 골드가 테이블에 떡하니 자리 잡고서 찬란하게 빛나기 시작했다.

물론 그 골드는 내가 주로 마셨다. 아니다. 나만 마신 듯하다. 두 사람은 앞에서도 말했듯이 사무실에 거의 붙어 있지 않았으니까. 게다가 팀장은 처음 마실 때 뭐지? 하는 표정을 짓더니 몇 번 더 마셔 보고는 이후 관심을 끊어 버렸다. 아마도 본인 입맛에는 별로였던 것 같다. 솔직히 나만 신났다. 고기나 생선, 튀긴 음식을 싫어하는지라 월급에서 식비를 제하지 않게 하고, 점심시간에 간단히 쿠키나 빵, 커피 등으로 때우고 있었기 때문이다. 골드가 사무실에 비치되고 나서는 커피 대신 마셨다. 구내식당에 내려가지 않고 사무실에서 요기하면 여러모로 시간이 절약된다. 그 시간 아껴서 기껏 한다는 게 밀린 업무였다는 건 좀 서글프지만 말이다.

그러다가 끝없이 쏟아지는 업무에 그만 폭발한 일이 생겼다. 건강이 안 좋아져 대수술까지는 아니었지만 수술을 해야 하는 지경에 이르렀다. 수술 며칠 전에 팀장에게 미리 말도 해 놓았다. 그런데 팀장이 또 다른 일을 가져와 별다른 설명도 없이 내 책상에 던져 놓고 가는 것이다. 훑어보니 심지어 내 일도 아니고 내 옆자리 팀원의 일이었다. 기가 막혀서 고개를 들어 팀장의 얼굴을 쳐다봤다. 부당한 지시를 할 때면 늘 그랬듯 팀장은 내 시선을 외면한 채 저벅저벅 자기 자리로 걸어가 앉았다.

"팀장님…… 이 업무를 제가 해야 하나요?"

팀장이 흘깃 나를 봤다.

"그럼 누가 하나요?"

"이 업무 제 업무가 아닙……"

"항상 네 업무 내 업무 따져 가며 일해요? 그렇게 까다롭게 굴 건 없잖아요. 서로 나눠 가면서 하는 거지!"

그 말을 남기고 팀장은 사무실을 나갔다.

머릿속이 뱅글뱅글 돌았다. 며칠 뒤면 수술이다. 그런데 지금 던져진 업무는 수술하고 나서 바로 출근해 며칠 동안 야근을 해야만 끝낼 수 있는 것이었다. 게다가 내 업무도 아니다. 이건 분명 인간적으로 문제가 있다. 이제까지 옆자리 팀원

몫의 일까지 아무 불평 없이 묵묵히 야근을 불사해 가며 한 사람이 나다. 그렇게까지 해 왔으면 최소한 미안해서라도 수술 앞둔 사람에게 이런 식으로 일을 던지면 안 되는 거 아닌가. 정 업무를 줄 수밖에 없는 상황이라면 최소한 '미안하지만 어쩔 수 없이' 정도의 멘트가 따라오던가, 그도 아니면 팀장인 본인이 해야 하지 않겠는가 말이다! 마치 내가 네 일, 내 일 정확하게 따지는 유난히 까탈스러운 사람인 것처럼 몰아가면서 일을 던지는 건, 이건 좀 야비하다. 정작 책임을 지고 일을 해야 하는 팀장 본인은 비밀스러운 사생활로 늘 바쁘지 않은가. 양심은 어디 헐값에 팔아넘기고 온 걸까.

별별 생각이 빛의 속도로 회전하면서 천둥벌거숭이 뛰어다니듯 머릿속을 휘젓고 있었다. 하지만 오히려 말문은 막혔다. 하고 싶은 말이 꽉 찼지만 목울대를 넘어오지 못하고 그 언저리에서 꽉 뭉친 상태로 뱅글뱅글 돌고 있었다. 조용히 자리에서 일어나 업무와 관련된 서류들을 팀장의 자리에 놓고 내 자리로 돌아왔다. 그러고는 오후 내내 입 다물고 일만 했다. 아마 팀장도 이번만큼은 내가 남의 일까지 떠맡아 가면서 미련한 소처럼 일하지 않으리라는 사실을 깨달은 것 같았다. 팀장은 그 특유의 표정, 그러니까 입가를 씰룩거리다가 얼굴에 비해 상대적으로 작은 입을 쑥 내밀고는 꽉 다문 채 별다른 말이 없었다. 그러면서 태풍의 눈과도 같은 며칠이 지나갔다.

며칠 뒤, 일하다가 차 한 잔 생각이 나서 보니 테이블에 놓여 있던 골드 봉지가 감쪽같이 사라졌다. 50개는 족히 남아 있었는데, 정말 귀신이 곡을 할 노릇이었다. 누가 가져갔단 말인가. 골드를 마시는 사람은 나밖에 없는데 말이다. 옆의 팀원에게 물어봤지만 그 역시 어리둥절한 표정이었다. 그렇지, 알 턱이 없다. 그는 애초에 사무실에서 일어나는 그 어떤 일에도 관심이 없으니까.

할 수 없이 팀장에게 물어봤다. 지난번 업무를 거절한 이후 여전히 화가 풀리지 않았는지 내 물음에 일언반구 반응이 없었다. 그날 이후 내가 뭘 묻든 무시로 일관하던 그였다. 한동안 두리번거리며 찾다가 하는 수 없이 포기했고, 결국 오전에 내려 놓은 숭늉처럼 멀건 커피와 눅눅해진 쿠키로 그날 점심을 때웠다. 이후로도 찾을 만큼 찾아봤지만 찾지 못했다.

결국 인터넷에서 구하기로 하고 검색을 시작했다. 하지만 겨우 찾아가 들어가 보면 골드는 '판매 중지' 아니면 '품절' 상태였다. 며칠 후 다시 들어가 봐도 마찬가지였다. 살 수 없으니, 그리움은 더 간절해졌다.

평소 먹거나 마시고 싶은 게 별로 없는 사람이 한번 무언가에 빠지면 집착이 생기는 법이다. 자존심을 꾹 누르고 팀장에게 어느 사이트에서 샀는지 물었다. 그는 여전히 어느 집에서 개가 짖나 하나 표정으로 초지일관 차갑게 내 말을 무시했다.

시간이 흘러 팀장의 분노(?)도 좀 가라앉았다 싶은 어느 날이었다. 정수기 쪽으로 가려면 팀장 자리를 빙 둘러 가야 해서 막 팀장 옆을 지나가던 중이었다. 마침 팀장이, 평소 잘 열지 않던 왼쪽 서랍을 열고 무언가를 찾고 있었다. 그때였다. 열린 서랍에서 그토록 간절히 찾았던 밀크티 골드 봉지가 떡하니 빛나고 있는 게 아닌가. 다시 봐도 골드였다. 순간 어이없음과 황당함에 실소가 피식 흘러나왔다.

이게 무슨 말도 안 되는 상황이란 말인가. 그러니까, 그러니까, 내 추측이 맞는다면, 나 못 먹게 하려고 일부러 그 봉지를 감춘 거라는 합리적 의심 외에 다른 어떤 이유도 찾기 어려운 상황이 눈앞에서 펼쳐지고 있는 거였다. 기가 막히다 못해 졸도할 지경이었다. 아니, 영 내가 미워서, 먹는 것조차 꼴 보기 싫어서, 그래서 골드를 감춘 거라면 내가 사다 놓은 간식이랑 이틀 간격으로 삶아 오는 계란도 먹질 말았어야지. 그래야 무언가 균형이 맞는 거 아닌가? 아니, 아니다, 애초에 팀장답게 사무실 간식거리는 본인이 챙기는 게 맞는 거지. 이 무슨 유치찬란하다 못해 치사함이 잔에 흘러넘치는 작태란 말인가. 치사하다, 정말 치사하다, 아~ 치사하다.

이후 팀장이 가져다 놓는 먹거리에는 손끝 하나 대지 않았다. 나라는 인간도 어지간히 쪼잔하다 못해 지질하고 뒤끝 작렬이어서 말이다. 인터넷에서 손쉽게 구할 수 있는 맛없는 그냥(!) 밀크티를 마실지언정 두 번 다시 팀장에게 골드를 구할 수 있는 사이트를 묻지 않았다.

빌어먹을 쓰레기, 너나 드세요

다시 시간이 흘렀다. 나뭇잎들을 떨군 나무들은 한껏 움츠러든 채 을씨년스럽게 서 있고, 아침마다 코끝에 닿는 싸늘한 공기에 침대를 빠져나오는 게 하루가 다르게 힘들어지는 계절이 되었다.

그때까지도 팀장의 연애 전선에는 큰 문제가 없었다. 가끔 전화로 애인과 다퉜고, 그런 날이면 조퇴를 했으며, 주말에 애인과 여행이라도 다녀오면 피곤이 잔뜩 뒤덮인 팅팅 부은 얼굴로 출근하고는 했다. 그런 월요일에는 출근하자마자 바로 어디론가 사라졌고 그 바람에 마땅히 그가 해야 할 일들은 변함없이 내 몫으로 떨어졌다. 그 탓에 내게는 야근하는 날이 계속되는, 아무런 변화도 없고 무심한 날들이 이어졌다.

그나마 그가 종일 어디론가 사라졌다 퇴근 시간에 맞춰 나타나는 날은 차라리 나았다. 주말여행 중에 애인과 싸운 것 같은 월요일에는 어김없이 이유를 알 수 없는 짜증을 냈고, 업무 처리에서 해괴한 변덕을 부려 대는 통에 하루를 보내기가 괴로웠다. 직장을 때려치울까 아니면 멋지게 사표가 든 봉투를 팀장 자리에 던지고 사라질까 하루에도 열두 번 이런 생각을 하면서 지옥 같은 나날을 견디고 있었다.

그러던 어느 날, 다른 부서 팀장이 친구가 양봉을 한다며 부서마다 꿀을 사지 않겠냐고 물으며 돌아다녔다. 그걸 그냥 넘길 팀장이 아니었다. 손도 크고 돈도 호탕하게 쓰는 편인 팀장은 망설임 없이 큰 걸로 두 통을 주문했다. 사실 나도 손발이 얼음장 같고 추위를 많이 타는 편인지라 한겨울에는 퇴근 후 가끔 꿀물을 타 마시곤 했다. 전기스토브 앞에 앉아 손발이 녹을 때까지 책을 보거나 음악을 들으며 시간 보내는 것을 좋아했다. 하지만 설레발치고 좋은 사람인 척 껄껄 웃으며 사교에 몰두하고 있는 팀장 얼굴을 보니 그 틈에 끼고 싶지 않았다.

며칠 뒤, 복도에서 팀장이 통화하는 소리가 들렸다. 내용이 정확히 들리지는 않았지만 애인과 다투고 있는 것 같았다. '꿀' 어쩌구 하다가 '그러면 먹지 마' 하는 소리, '넌 항상 그런 식이야' 하며 질책하는 소리, 화를 삭이려고 식식대는 숨소리. 짐작이 맞는다면, 다른 한 통을 그녀에게 주려고 했는데 사랑하는 그녀가 꿀은 먹지도 않는다고 거절한 것 같았다. 팀장은 지배 성향이 강한 남자였다. 그러니 자신의 호의를 거절한 그녀에게 어찌 화가 나지 않겠는가. 나는 속으로 둘 다 먹기 싫으면 나나 주지, 메롱이군 했다. 하지만 뭐 남의 일에 관심 둘 여유는 없었기에 금방 무관심으로 돌아갔다.

팀장이 꿀을 산 지 열흘쯤 지났을 때였다. 막 출근해서 자리에 앉으려는데 팀장이 커다란 봉투 하나를 들고 내 자리로 왔다.

"이거 가지세요."

문제의 그 꿀이었다. 어이가 없었다. 어이를 분실한 이런 상황은 왜 이리도 흔한 것이냐.

"아, 저기, 저, 저는 꿀 안 먹어요."

"처음부터 000 씨 주려고 두 통 샀어요. 그러니까 이거 한 통은 000 씨 드세요."

순간 뱃속 바닥에서부터 뜨거운 불덩어리 하나가 솟구쳤다. 나는 극도로 화가 나면 지하의 끝에라도 닿을 듯이 목소리가 낮아진다. 그러고는 천천히, 그리고 또박또박 말한다.

"저, 꿀, 안 먹어요."

"000 씨는 좀 까탈스러운 데가 있어요. 뭘 주면 고맙다고 받으면 되는데."

그러면서 제멋대로 내 발 옆에 두고는 자기 자리로 돌아갔다. 늘 그런 식이다. 언제나 제 마음대로다. 사실 그때 바로 돌려줘야 했는데 참 바보 같게도 차마 그러지 못했다. 선물이라고 준 걸 그대로 돌려주면 팀장 기분이 더 상할 거고, 아무리 그래도 팀장과 불편한 관계가 되기는 싫다는 이런저런 생각 때문에 이러지도 저러지도 못하다 오전 시간을 흘려보냈다. 하루가 지나고 이틀이 지나고 속절없이 일주일이 지났다. 돌려주지 않으면 속에서 천불이 나서 죽을 것만 같은데도 돌려주지 못하고 흘려보내는 시간 역시 지옥이었다.

'애인이 안 받으니 한바탕 쌈박질하고 나서 욱하는 심사에 눈앞에 보이는 나한테, 마치 화해의 제스처인 양 던져 주는 그게, 그게 선물 맞냐? 응? 그 심보는 대체 뭐냐고오~? 다른 말로 하면 버리는 거잖아, 나한테?'

팀장을 볼 때마다 이 말이 뱃속에서부터 기어올라 왔지만, 이번에도 목에서만 뱅글뱅글 돌 뿐이었다.

팀장에게 나는 사무실에서 종일 일만 하는 한 마리 소였다. 부려먹다가 여물 한 번 부어 주고, 등 한 번 두들겨 준 다음 또 부려먹어도 된다고 생각하는. 그런데 그 여물(?)마저 처음부터 나에게 주려고 산 것이 아니었다. 주려던 사람은 안 받겠다고 하지, 집에서 두 통 다 퍼먹기는 버겁지, 그러니 내게 버린(?) 격이었다.

결국 어정쩡한 상태로 두 달이 지났다. 회사는 부서 이동

철이었고, 드디어 팀장과 나는 다른 부서로 갈리게 되었다. 그는 윗사람들과 미리미리 술을 마셔 가며 관계를 돈독하게 유지해 놓는 영악한 사람이었다. 그뿐인가. 평소엔 술값 잘 내고 계산적이지 않은 듯 굴다가도 이해관계에 얽히면 결코 빌리지 않는 사람이기도 했다. 이런 그의 성정을 잘 아는 윗사람들은 어떤 일에 관한 한 그를 건드리려고 하지 않았다. 그렇다 보니 여러 조건이 유리하게 합쳐져 직장 내부의 판은 어느 정도 그의 구상대로 그에게 유리하게 짜였다.

하지만 영악한 그도 내 인사에 관한 것만은 좌지우지할 수 없었다. 직장 내에서 내가 얻고 있던 신뢰와 인기로 인해 그의 시도는 좌절되었다. 나를 간절히 원하는 부서가 많았고, 나는 나름 좋은 부서장 밑으로 이동하게 되었다.

드디어 부서를 이동하는 날이 되었다. 그동안 내가 썼던 책상 등을 깨끗이 정리하고 닦은 후 짐 박스들을 새 사무실로 옮겼다. 그러고 나서 마지막으로 포장 하나 흐트러트리지 않은 꿀단지를 팀장의 책상 한복판에 얌전히 올려놓았다. 형광등 불빛에 단지의 한 귀퉁이가 반짝거렸다. 반짝반짝. 마치 밤하늘에 빛나는 작은 별 같군. 가만 있자. 〈작은 별〉 노래가 어떻게 되더라? "트윙클 트윙클~ 리틀 스타~" 생뚱맞게 노래가 매끄럽게 혀를 타고 흘러서 입술 사이로 새어 나왔다.

그러자 마음이 새털처럼 가벼워졌다. 사뿐사뿐 날아오르는 듯한 걸음으로 사무실을 나와 음전하게 문을 닫았다.

아마 내가 가고 난 뒤, 팀장은 자기 책상에서 뒤늦게 꿀단지를 발견했을 것이다. 애인에게 주려다가 실패한, 그래서 나에게 버리려(?) 했으나 그마저도 실패한, 다시 돌아온 작은 별처럼 반짝거리는 쓰레기를. 그 쓰레기가 나 대신 팀장에게 말해 주기를.

"빌어먹을 쓰레기, 너나 잔뜩 드세요."

아, 이제 찾았다. 밀크티 골드는 맨 왼쪽 찬장 안 깊숙한 곳에 잘 놓여 있었다. 지금 생각해 보면 그때 이 차만 안 숨겼어도 그가 저지른 수많은 치사한 짓거리에도 진즉 그를 용서했을 것이다. 인간이란 의외로 쪼잔한 존재인지 모른다.

이제 골드 한 잔 타 마시고, 마저 글 쓰고 자야겠다. 쓰고 있는 글의 마지막 문장은 이렇게 될 것이다.

> 잔머리와 치사함과 야비함으로 승부를 거는 자들이여, 나는 이렇게 기억과 기록과 작렬하는 뒤끝으로 이길 것이다.

별은 보이지 않지만 밀크티 골드가 있어 행복한 밤이다.

금요일 흐렸다 차차 맑음

길냥이 코코

서울 끝자락에서 경기도로 넘어가는 곳에 있는 아차산. 그 산자락에 작은 고등학교가 있었습니다. 어느 날부터 그 학교 창고에 뛰어난 미모의 고양이 한 마리가 머무르기 시작했습니다. 수위 할아버지는 매일 어슬렁거리는 그 고양이가 안쓰러워 형편에 맞게 가장 싼 사료를 사다가 물과 함께 창고 안에 놓아 줍니다. 그 덕분에 고등어 무늬의 코리안 숏헤어 종의 고양이는 그곳에 터를 잡고 살게 되었습니다.

그 학교에는 고양이를 사랑하는 학생이 있었습니다. 초등학생 때부터 용돈이 생기면 사료를 사다가 동네 길냥이들을 먹이는 학생이었지요. 이 학생에게 그 고양이는 금세 눈에 띄었고, 자신처럼 고양이를 사랑하는 친구들과 함께 그녀를 돌보기 시작했습니다. 사료와 물을 챙겨 주고 쉬는 시간이나 점심시간에는 가서 안부를 물으며 같이 놀아 주고는 했습니다.

친구들과 함께 이름도 지어 주었지요.

명자(明子).

영화 〈명자 아키코 소냐〉와 같은 곳에 쓰이는 명자가 아니라 공자, 맹자, 순자 등과 같이 중국 성현의 자를 모방해 시은 이름입니다. 명자는 학교에서 유명한 길냥이가 되었고, 고양이를 사랑하는 남학생들의 기쁨이 되었습니다.

어느 날 명자는 산을 떠돌다 한 길냥이와 스리슬쩍 눈이 맞습니다. 턱시도 무늬가 있는 그 고양이가 명자는 좋았나 봅니다. 얼마 후 둘 사이에서 새끼 고양이 네 마리가 태어납니다. 그중 두 마리는 어미의 미모를 쏙 빼닮고, 두 녀석은 아비를 닮아 턱시도 무늬를 하고 있었습니다. 그 학생과 친구들은 새끼들이 신기하고 귀여워서 또 각자에게 이름을 붙여 주었습니다.

콘스탄틴, 드미트리, 구스타프, 에드워드.

엄마 때와는 달리 이번에는 전부 다 러시아 귀족으로 만들어 주었습니다.

아깽이들(새끼 고양이를 귀엽게 부르는 표현)은 무럭무럭 자라기도 전에 입양이 되기 시작합니다. 특히 엄마처럼 예쁜 두 녀석은 두 달도 안 돼 입양되었지요. 건강하고 활발하고 잘 뛰어다니는 턱시도 구스타프 역시 얼마 뒤 입양됩니다. 마지막까지 남은 한 마리가 '에드워드'였어요.

에드워드.

이 녀석은 장애를 갖고 태어났습니다. 태어날 때부터 앞다리 하나가 심하게 구부러졌습니다. 그 상태로는 걷거나 뛰기 힘들었지요. 움직이려면 자연스레 장애가 없는 다른 다리도 구부려야 했습니다. 기어 다닐 수밖에 없었습니다. 그렇다 보니 무게를 지탱하는 앞다리의 구부러진 부분이 창고 콘크리트 바닥에 계속 쓸렸습니다. 그 부분은 털이 자라기는커녕 살이 파여 피가 나기 일쑤였습니다. 뼈가 보일 정도였지요.

더욱이 에드워드는 우리나라 사람들이 꺼리는 까만 고양이였어요. 시간이 흘러도 아무도 녀석을 데려가려고 하지 않았어요. 창고엔 어미 명자와 녀석만 덩그러니 남게 되었습니다. 영국 왕세자의 이름을 가진 까만 고양이, 에드워드.

그 학생은 에드워드를 돌보다가 문득 아예 집으로 데려가고 싶다는 생각을 합니다. 엄마를 조릅니다. 하지만 엄마는 늘 새벽같이 집을 나섰다가 11시에나 파김치가 되어 돌아오는 분입니다. 심지어 고양이 하면 애드거 앨런 포의 〈검은 고양이〉에 나오는 고양이를 먼저 떠올리는 분입니다. 복수와 저주의 화신(化身), 어딘가 음산하고 불길한 존재, 앞으로 일어날 불행을 암시하는 요기(妖氣)의 화신.

예상대로 엄마는 무조건 반대합니다. 집에 있는 시간도 거의 없으면서 어찌 새로운 생명을 돌볼 수 있겠느냐며 현실적인 지적도 잊지 않습니다.

엄마 말씀이 옳았습니다. 그래서 처음에는 엄두를 내지 못합니다. 하지만 아무리 생각해도 에드워드를 그대로 둘 수는 없었습니다. 계속 엄마를 설득합니다. 장애가 심한 아이라 올겨울을 넘기지 못할 수도 있다고 간곡히 말씀드립니다. 그 말에 엄마의 마음이 흔들렸고, 마침내 엄마는 허락합니다. 오지랖 넓고, 쓸데없는 동정심으로 주변 사람들한테 뒤통수 잘 얻어맞는 엄마를 어떻게 설득하면 되는지 그 학생은 잘 알고 있었습니다.

학생은 수능 시험을 치른 다음 날 엄마와 함께 에드워드를 데리러 창고로 갑니다. 늦가을 저녁 무렵이었습니다. 쌀쌀한 바람에 플라타너스 이파리가 천천히 떨어지고 있었습니다.

처음 본 에드워드는 태어난 지 7개월이 지났는데도 너무 작고 야위어 있었다. 한 주먹에 쥐어질 크기였다. 에드워드는 낯선 나를 보자 애처롭게 울기만 했다. 두려운 세상에 맞서기 위해 안간힘을 쓰는 것만 같았다. 무서워 자꾸 어미 품으로 파고드는 에드워드를 들어 안았다. 창고 밖에선 플라타너스들의 몇 개 안 남은 이파리마저 남김없이 떨어트리려는 듯 바람이 거세게 휘몰아쳤다. 어디선가 귀신이 곡을 하듯 흐느끼는 소리가 들리는 것도 같았다.

그렇게 우리 곁으로 온 아이, 에드워드. 녀석은 이후 '코코'가 되었다.

녀석은 새벽 5시면 어김없이 밥 달라며 내 머리맡에 와서 울어 댄다. 녀석이 우리 가족이 된 후 가족 모두에게 많은 변화가 생겼다. 나의 변화만 말하면, 이제 나는 길에서 마주치는 길냥이들을 그냥 지나치지 못하는 사람이 되고 말았다. 털이 빠지지는 않았는지, 어디 다친 곳은 없는지, 굶어서 비쩍 마르지는 않았는지 유심히 보게 된다. 코코와 같이 산 이후 전에는 눈에 띄지도 않던 길냥이들이 어찌나 많이 보이는지 신기할 지경이다. 이전까지 존재하지 않다가 어느 날 갑자기 한꺼번에 몰려나온 것처럼 집을 나서면 동네 구석구석에서 고양이들이 인사를 한다. 고등어, 치즈 케이크, 카오스, 턱시도 무늬의 아이들. 어떤 녀석은 밥을 주는 나를 알아보고 달려와 머리를 비비기도 하고, 또 어떤 녀석은 그저 멀리서 바라보기만 한다. 어떤 녀석은 언제 밥 주려고 그러나 눈치를 보면서 살금살금 주위를 맴돌기도 한다. 이 모든 녀석이 길을 걸을 때마다 눈에 들어오기 시작한 것이다.

코코의 엄마 명자는 코코를 입양한 몇 개월 뒤 주차장으로 들어오던 차에 치여 유명을 달리했다는 소식을 전해 들었다. 마치 아는 사람이 죽은 것처럼 가슴이 아팠다. 길냥이의 삶은 늘 위험의 연속이다. 먹이 사냥이 쉽지 않아서 인간의 음식물 쓰레기를 뒤져 먹고 산다. 그러다 상한 음식을 먹거나 양념이 된 것을 먹고 탈이 난다. 보통 길냥이의 평균 수명은 짧게 잡으면 2~3년, 길게 잡아 봐야 3~5년이라고 한다. 새끼일 때는 80퍼센트가 죽는단다. 많은 길냥이가 로드킬당한다는 건 코코를 입양한 후에야 알게 되었다.

그 학생, 즉 아드님은 군대에 가서도 '짬 타이거(군대에서 짬밥 주면서 거두는 길냥이들)'를 돌보는 것을 군 생활의 낙으로 삼았다. 아들 녀석의 영향으로 이제는 나도 길냥이들을 주려고 사료를 갖고 다닌다.

가끔 코코 귀에 대고 고백한다.

"코코야, 너 옛날 이름 에드워드 기억하니? 내게 와 줘서 너무 고마워. 내 곁에 오래오래 머물러 줘야 돼, 알았지?"

당신 생명은 얼마인가요

우리 집에 온 이후 코코는 한동안 책장 뒤랑 화장실 같은 으슥하고 구석진 곳에 숨어서 나오지를 않았다. 식구들이 모두 학교나 일터로 나간 뒤에야 살금살금 나와 사료와 물을 먹고 화장실을 이용하는 것 같았다. 퇴근하고 돌아오면 녀석은 보이지 않고 줄어든 사료와 화장실 사용 흔적만 남아 있었다. 그걸로 녀석의 하루 생활을 짐작할 뿐이었다. 시간이 꽤 많이 흐르고 나서야 코코는 살금살금 우리 안으로 들어와 가족이 되었다.

오랜 시간 길냥이로 살아 건강이 안 좋을까 걱정했는데, 기우(杞憂)였다. 코코는 아주 건강했다. 잘 먹고, 잘 잤다. 자연에서 태어난 종 특유의 건강함을 가지고 있었다. 그래서 예방접종 외에 병원에 갈 일은 거의 없었다.

코코는 비록 여느 고양이들처럼 걷거나 뛰지는 못했지만

구부러진 앞다리로 유영하듯 우아하게 미끄러지며 거실 구석 구석을 달렸다. 낚시 장난감을 흔들면 제 나름의 사냥 방식으로 헤엄치듯 뛰어와 덮치는데 그 모습이 너무 귀여워 우리 식구는 깔깔댔다. 코코가 좋아하는 장난감과 음식, 코코의 건강 등이 우리 가족의 화제로 떠오르는 날이 많아졌다. 가족 중에서도 특히 딸내미는, 고 1 마지막 모의고사에서 전 과목 만점에 가까운 1등급으로 올라선 것이 코코가 우리 집에 가지고 들어온 복 때문이라고 굳게 믿었다.

예방 접종을 하러 병원에 갔을 때다. 친해진 수의사 선생님과 얘기를 나누게 되었다.

"고양이들은 배를 까고 드러눕는 게 복종과 굴종의 표시라는데 얘는 자주 배를 보이며 누워요. 자존심도 없나 봐요~"

공연히 자식 단점을 핑계 삼아 자랑하는 팔불출처럼 은근히 그랬더니 선생님이 말했다.

"약하니까요."

"네?"

뜻밖의 말이었다.

"고양이들은 앞다리가 공격과 방어를 위한 가장 중요한 무기거든요. 근데 코코는 장애가 심한 상태라 싸울 수가 없잖아요. 일단 배를 까고 누워서 복종의 자세부터 취하고 보는 거지요. 약하게 태어나서 그래요."

심장이 아렸다.

'그랬구나……. 그래서 누구를 보든지 먼저 바닥에 배를 보이며 누웠던 거구나. 그렇지 않아도 유난히 겁 많고 소심하고 고양이답지 않게 우리한테 딱 붙어서 떨어지지 않는 게 안쓰러웠는데, 그 모든 것이 다시 생각하니 생존을 위한 애처로운 몸짓이었구나.'

'이해'라는 건 언제나 그렇듯 뒤늦게 오는가 보다. 선생님 말에 나는 스스로를 책망했다.

다시 예방 접종을 하러 갔을 때다. 그날은 애들이 많았다. 의자에 앉아 차례를 기다리고 있었다. 겁이 많은 코코는 캐리어 안에서 나오지 않고 숨소리조차 내지 않았다. 그때 바로 옆에 있던 할머니(라고 하기엔 그보다는 젊은)가 말을 걸어왔다. 개인지 고양이인지를 묻는 것으로 말의 물꼬가 트였고, 할머니가 안고 있던 아이도 고양이여서 대화는 상당히 편안하게 흘러갔다.

할머니는 자신의 고양이가 아주 비싼 품종임을 강조했다. 보기에도 특이했다. '먼치킨'이라고 했다. 분양가(?)만 백만 원이 훌쩍 넘는단다. 나야 개든 고양이든 살아 있는 생명에 품종을 따지고 값을 매긴다는 게 영 마뜩잖았지만 그래도 고개를 주억거리며 듣고 있었다. 이를테면 "어머~ 우리 애는 초등학교 때 교육청 영재로 뽑혔구요, 특목고를 우수한 성적으로 들어가서 아, 글쎄 서울대 의대를 갔잖아요~"라고 큰 소리로 잘난 자식 뒀다고 자랑하는 부모를 보는 심정으로 말이다. 자식 자랑이야 원체 유치하고 우스꽝스러운 모양새를 기본 값으로 깔고 있지 않은가.

그때였다. 캐리어 안이 답답했던지 코코가 가느다랗게 야옹 소리를 내며 조금씩 머리를 내밀었다. 밖으로 나온 코코를 본 할머니가 기겁을 했다.

"어머, 어머, 얘 까만 고양이잖아. 아이고, 까만 고양이는 안 예쁜데, 왜 하필 까만 고양이야. 에그, 에그~"

그 호들갑에 마음 바닥에서부터 작고 뜨거운 불덩이 하나가 치솟았다. 하지만 나는 도시적이고 깍쟁이처럼 보이는 외모와 달리 나이 많은 사람은 깍듯하게 대접하는 걸 철칙으로 삼던 보수적인 집안에서 자란 인간이었다. 목구멍으로 치밀고 올라오는 그 불덩이를 꿀꺽 삼키면서 말했다.

"예전부터 까만 고양이는 삿된 기운으로부터 인간을 지켜주는 존재로 알려져 왔어요. 특히 고대 이집트인들은 '이블 아이'라고 해서 코코처럼 녹색 눈동자의 까만 고양이는 악마로부터 인간을 지켜 주는 수호자 역할을 한다고 믿었대요."

최대한 사근사근 대꾸해 주는데도 할머니는 혀만 쯧쯧 찼다. 그러다가 이번엔 새된 소리를 질렀다.

"에구머니, 어머, 어머~ 얘 다리 왜 모양이야? 응? 왜 기어? 구부러졌잖아?"

놀라서 바들바들 떠는 코코를 안아 올리며 대꾸조차 하지 않는데, 그분은 아랑곳하지 않고 계속 떠들어 댔다.

"병신이잖아~ 아이고! 사람도 병신은 성격이 이상한 법인데, 왜 하필 병신 고양이를 길러. 에이그~ 쯧쯧. 이쁘고 건강한 애들도 많은데 왜 하필~"

그 말에 그예 '뚜껑'이 열리고 말았다. 더는 목울대에 걸려 있는 그 불덩이를 누를 수가 없었다. 평소엔 말이 좀 빠른 편이다. 하지만 일단 화가 나면 화가 난 만큼 목소리가 쫘악 가라앉는다. 그리고 한 마디 한 마디 느릿느릿 꾹꾹 누르듯이 말하는 버릇이 있다.

"이것 보세요, 병신요? 병.신.요? 병신이란 말이 어떤 말인지 아세요? 지금 어디서 그런 기본도 안 된 말씀을 예의도 뭣도 없이 함부로 뱉으십니까. 평생 예의가 뭔지 배우지도 못하셨나요?"

그분은 내 말의 내용보다 이글이글 불타는, 쏘아보는 내 눈빛과 꼭꼭 씹어 뱉는 말투에 지질렸는지 찍소리도 못 내고 입을 다물었다. 불덩이는 여전히 내 심장과 목울대를 오르내리고 있었지만, 더는 말하지 않았다.

끔찍하게 길게 느껴지는 대기 시간을 지나 예방 접종을 마치고 병원 문을 나섰다. 이미 거리에는 어스름이 깔리고 있었다. 아직은 차가운 바람이 뺨을 휘갈기는 3월 초. 바람 때문이 아니라 흐르는 눈물 때문에 양쪽 뺨이 쓰라렸다. 뭔지 모를 억울함에 심장이 짓눌리는 것 같았다. 분노도, 화 때문도 아니었다. 그냥 눈물이 흘렀다. 지금까지도 설명하기 복잡한 어떤 슬픔이었다.

코코는 여전히 숨을 죽인 채 캐리어에 얌전히 있었고 나는 코코가 알아듣는 것도 아닌데 조용조용 반복 또 반복해서 말했다.

"코코야, 내게 와 줘서 정말 고마워. 세상에서 제일 예쁜 고양이, 가장 스마트하고 의연하고 사랑스러운 고양이가 너야. 보잘것없는 내게 축복처럼 와 줘서 정말, 정말 고마워."

'감정의 쓰레기통'이 되진 말자

영혼이 탈탈 털릴 때까지 착취하는 인간들이 있다. 물론 아무한테나 그러지는 않는다. '누울 자리를 보고 발을 뻗는다'고 당연히 자존감이 낮은 사람이나 혹은 무언가를 바라고 있기에(그것이 경제적인 도움이든 사회적 보살핌이든 진급을 향한 발돋움이든 간에) 자신에게 의존해야만 하는 사람, 그리고 나이가 어린 사람이나 사회적인 약자들을 대상으로 하기 일쑤다.

당한 사람들은 당하는 순간에도 그렇지만 당하고 나서 자신이 한심해 자책하고 괴로움, 울분으로 뒤범벅된 감정을 추스르지 못해 힘들어한다. 펄에서 뒹굴며 개싸움하고 났을 때처럼 이미 돌이킬 수 없을 만큼 관계가 엉망진창이 되고 나서야 현실을 깨닫게 되니 그럴 수밖에 없다. 특히 이런 식의 관계망에 빠져 자주 허우적거려 본 적이 있는 사람은 그렇지 않아도 모자라기 이를 데 없는 자존감이 더 추락하고야 만다.

바닥을 뚫고 지각, 맨틀을 지나 지구 내핵으로까지 내리꽂힐 기세로 말이다.

상대는 어떤 상태냐고? 남의 영혼을 탈탈 털어 제 이익만 들입다 챙기는 그 상대 말인가? 삽질이 주는 가학적인 쾌감으로 교묘하게 정서적 착취를 일삼던 상대방은 과연 어떨지 궁금한가? 단도직입적으로 말하면, 그런 사람들에겐 징징거려 봤자다. "너 때문에 내가 얼마나 피해를 입었고 정신적으로 피폐해졌는지 아니?", "너 때문에 나는 지금 멘탈이 붕괴되기 직전이야!" 등 별별 항의와 악다구니를 퍼부은들 그들에게서는 "미안하다", "내가 잘못했다" 따위의 말을 결코 돌려받을 수 없다. 이런 반응을 기대하느니 차라리 다섯 번 연거푸 로또 1등에 당첨되길 바라는 게 더 나으리라. 당첨금을 은행에 쟁여 놓고 그 이자로 일 년에 서너 번 해외여행을 다녀오고, 평일엔 주로 골프를 치며, 기분 안 좋은 날엔 랍스터로 기분 전환을 하는 그런 삶을 꿈꾸는 편이 더 현실적이란 말이다.

얼마 전 한참 후배가 상담을 요청해 왔는데, 그 내용이다.

수년간 연인으로 지내며 결혼까지 약속했던 남자가 언제부턴가 좀 이상하더란다. 남자가 변하기 시작한 건 동창회의 일종인 '어린 시절 친구 모임'이라는 새로운 모임을 만들어 열성적으로 나가면서부터라고 한다. 그 모임에서는 두 달에 한 번 1박 2일로 여행을 갔는데 그때마다 꼭 함께할 뿐 아니라 그 모임에서 만난 한 여성과 매일 열 번도 넘게 카톡을 주고받더라는 것이다. 이상한 점이 한두 가지가 아니었다고 한다.

그런데 이런 장면, 어디서 많이 본 것 같지 않은가? 맞다. 네이버 판이나 다음 미즈넷에 단골로 올라오던 소재다.

그 다음 상황도 역시 전형적인 미즈넷용 이야기이다. 후배는 남자에게 혹시라도 다른 사람이 생겼으면 이야기해 달라고, 그리고 깔끔하게 관계를 정리하자고 거듭 말을 했는데도 남자는 그런 일 없다면서 딱 잡아떼더란다. '아무 문제없는데 넌 왜 그렇게 예민하고 의심이 많으냐'며 오히려 후배를 질책했다고. 후배가 몇 번 의심스러운 카톡과 장면들을 목도했는데도 남자는 한결같았다고 한다.

이쯤 되면 정말 미즈넷의 단골 사연들이 떠오른다. 베스트 사연에 오른 내용들을 놓고 사람들은 주작(스스로 조작한 내용)이네 아니네 설왕설래했지만, 나는 주작인 것만은 아니라고 보았는데 후배의 사연만 봐도 그렇지 않은가. 백만 스물한 번째에 해당하는 통상적이고 진부한 후배 이야기를 들으며 세상만사 별로 특별할 것 없다는 사실을 다시 한번 확인했다.

후배 사연의 결말만 말하면, 그놈은 1년 넘게 다른 여자를 만나고 있었고, 너무나도 많은 증거 앞에서 더는 버틸 재간이 없게 되자, 연락을 뜨문뜨문하다가 이후엔 아예 카톡을 끊더란다. 후배가 무슨 일인지 만나서 이야기하자고 카톡을 여러 번 보내면 '글쎄'라든가 묵묵부답으로 일관함으로써 사람이 살짝 돌 지경에까지 이르게 하더란다. 후배 사업이 그놈과 얽혀 있었는데, 그 와중에도 알토란은 탈탈 다 빼먹어 가면서 말이다. 게다가 남자는 둘의 공통 지인들에게 후배가 좀 많이 예민하고 까칠하고 노처녀 히스테리를 부려 자신이 정말 힘들다는 식으로 슬쩍슬쩍 빠져나갈 구멍도 만들어 놓았다고 한다.

우여곡절 끝에 둘은 만나서 결국 이별의 수순이라는 걸 밟게 되었는데, 그마저도 후배가 수년간 만난 세월이 아까워서 어떻게든 미워하지 않으려고 정식으로 헤어지는 자리를 마련한 거란다. 막상 남자의 얼굴을 보자 후배는 다시 울컥했다. 그래서 어찌 그럴 수 있느냐, 함께한 세월이 있는데 헤어질 때 헤어지더라도 최소한의 기본 예의는 지켜야 하는 거 아니냐, 양다리 걸친 것도 이해하려고 한다, 하다 보니 그렇게 되었겠지, 하지만 미안하다는 말은 해야 하지 않느냐, 라고 했단다.

그러자 그 인간이 한 말. [이런 말들은 정신적 착취가 뭔지 교육할 때 두고두고 쓰게 기록으로 남겨야 한다. 착취자(가해자)가 자

신을 합리화하는 데 쓰는 흔한 표현이니까.]

"헤어지자는 말 하지 않고 자연스럽게(!!!) 헤어지면 좋은 관계로 남을 줄 알았지. 너는 너무 그런 형식에 집착하는 경향이 있어. 지금 우리 봐. 깔끔하지 않을 게 뭐가 있냐? 그리고 연애하다 헤어질 수도 있지 그게 그렇게 죽을죄냐? 왜 미안하다고 말해야 하냐고? 난 그냥 앞으로도 좋은 관계로 지내고 싶다. 모든 게 끝인 것처럼 너무 모질게 말하지 말았으면 좋겠어. 우리는 계속 좋은 사업 파트너로 지낼 수 있잖아. 지금까지처럼 나 좀 도와줘라. 어차피 이 바닥에 계속 같이 있을 건데, 나도 널 도울 기회는 많을 거야."

후배는 하도 기가 막혀, 앞으로 그럴 일 없을 거라고 했단다. 오금을 박고 일어서려는데 갑자기 상대가 쓸쓸하면서도 아련한 표정을 지으며 그러더란다.

"아, 이래서 난 여자를 만나면 안 되나 보다. 늘 상처만 주는 것 같아. 나도 지금 무지 힘들어."

여기에 정답이 있다. 상대를 탈탈 털어먹은 인간은 결코 미안해하지 않는다. 그들은 둘의 관계에서 일방적으로 얻고 있었거나, 특별히 손해 보는 게 없었기 때문에 문제가 무엇인지, 관계의 어려움이 어디에 있었는지 돌아볼 필요성을 한번도 느끼지 못했을 것이다. 그저 그런 상황에 빠지게 된 '자신',

즉 애정해 마지않는 자신의 가련한 모습만 심장에 남아 연민하고 가끔 들여다볼 뿐이다. '연민하는 대상'은 자기 자신이지 자신이 상처를 준 '상대'가 결코 아니기 때문이다. 아내가 꾹꾹 참으며 평생 맞아 준대서 남편이 아내에게 미안해할 확률은 죽을 때까지 0으로 수렴된다. 아내가 맞아 죽는다면 남편은 어리둥절해하면서 이렇게 생각할지 모른다. '아니, 그렇게 아프면 미리 좀 말을 해 주지, 말도 안 하고 미련하게 참고 있었어?' 혹은 '아, 재수 없어. 어쩌다 보니 좀 심하게 한 게 결과를 엉망으로 만들어 버렸네'라고 말이다.

따라서 다시는 이런 관계에 빠져들지 않으려면 자신을 돌아봐야 한다. 상대가 아니라 '나'다. 내가 그런 관계를 끊어야 한다. 앞도 뒤도 옆도 보지 말고 무조건 그 관계를 끊어 내야만 한다. 후배 경우처럼 연인 관계만 있는 건 아니다. 부모와 자식 사이일 수도 있고, 형제자매 관계일 수도 있고, 혹은 친구를 빙자한 관계일 수도 있다. 학교 폭력을 떠올려 봐라. 친구라며 상대를 착취한다.

가해자에게 복수를 꿈꾸거나 지은 죄에 상응하는 대가를 치르게 하겠다고 입술 앙다물고 이를 뽀드득 갈아 대는 것도 나쁠 건 없다. 그러나 가장 우선시해야 할 것은 자기 자신이다. 자신이 더 다치거나 망가지기 전에 관계를 끊어야 한다.

더는 에너지 소모와 금전적인 손해, 감정적 몰입이 없도록 해야 한다. 개선은 아주 오랜 시간에 걸쳐 이루어진다. 그러니 '단절'이 먼저다.

중국 병법서인 《삼십육계》에서 마지막 계책으로 제시한 것이 '주위상계(走爲上計)'다. '답이 보이지 않을 때는 도망가라'는 뜻이다. 때로는 도망치는 것이 최고의 전술일 수 있다.

참, 후배는 너덜너덜 만신창이가 된 자신은 그럼 뭐가 위로해 줄 수 있느냐고 울면서 물었다. 위로해 줄 그 무엇? 찰떡같이 나를 위로해 주는 건 사실 알고 보면 별거 아닐 수도 있다. 삐뚤빼뚤한 몇 글자로 '다른 남자 생겼으니 앞으로 연락하지 말라'는 여자친구의 편지를 받은 이등병은 선임들 몰래 화장실에서 초코파이를 먹으면서 모든 걸 잊고 용서할 수도 있는 법이다. 초코파이 한가운데를 채우고 있는 쫀득쫀득한 마시멜로를 오물거리면서.

나를 위로할 그 무엇을 찾자. 여전히 뻔뻔하게도 타인을 제 '감정의 쓰레기통'으로 여기고 이용하려 드는 사람들로부터 벗어나서 말이다.

벚꽃이 다시 필 때까지

앞서 말한 것처럼 십몇 년 전, 송광사에 간 적이 있다.

길을 떠나던 날은 한식 무렵이라 도로는 주차장을 방불케 했다. 동서울 톨게이트를 통과하기 전부터 막히기 시작하더니 호법 분기점을 지나고도 정체가 풀릴 줄 몰랐다. 느릿느릿 기어가는 차들 사이로 4월 초봄의 햇살이 서늘하게 쏟아져 내리고 있었다. 남도까지 가는 길은 멀고도 멀었다.

어찌어찌 겨우 송광사 근처에 도착했을 때는 이미 해가 산마루로 넘어가 있었다. 사위가 어둑어둑했다. 사람의 얼굴을 못 알아볼 딱 그만큼이었다. 송광사로 향하는 길이 보였다 사라졌다 했다. 손전등 하나 없이 걷기에는 좀 무섭다는 생각이 들 때, 마침 내 바로 뒤에서 커다란 보따리를 들고 올라오는 아주머니가 보였다.

"송광사 가세요?"

아주머니가 고개를 끄덕이기 무섭게 옆으로 따라 붙었다.

"저도 절에 가야 하는데, 짐 같이 들어 드릴게요. 초행길이라 제가 길을 잘 몰라서요. 같이 가 주세요."

난데없이 나타난 젊은 여자를 아주머니는 의혹 어린 눈으로 탐색하는 눈치였다. 무시했다. 어차피 다시 볼 일 없는 관계였다. 나는 같이 걷는 게 어색해서 오늘은 관광객이 많이 내려와 순천 장이 시끌벅적했다느니 날씨가 별스럽게 좋았다느니 하는 별 의미 없는 말을 늘어놓았다.

송광사에 이르자 아주머니가 물었다.

"여기는 왜 왔어요?"

"그냥, 좀, 쉬려구요."

아주머니가 다시 나를 위아래로 훑는 게 느껴졌다. 역시 모른 척했다. 어차피 다시 볼 일 없는 사람이었다.

"따라와요."

아주머니는 왜냐고 묻기도 전에 바로 돌아서 앞장섰다. 절 안쪽 어딘가로 나를 끌었다. 절의 건물들을 돌고 돌더니 가장 안쪽에 자리 잡은 작은 암자로 데려갔다. 방문을 두드리자 문이 열리고 40대 중반으로 보이는 스님이 웃으며 들어오라고 했다. 영문을 모른 채 들어가 앉았다. 스님이 차를 권했고 김이 모락모락 나는 차를 불지도 않고 마셨다. 아주머니는 제법 살갑게 스님에게 말을 걸었고, 오가는 대화를 통해 두 사람이 남매라는 사실을 알게 되었다. 그녀는 출가한 남동생에게 이것저것 챙겨 주러 온 누이였다.

이윽고 두 사람이 약속이라도 한 듯 나를 바라보았나. 여기는 어쩐 일로 왔느냐며 먼저 말을 건넨 건 스님이었다.

"그냥, 좀, 쉬려구요."

아까처럼 말했다. 스님은 웃으시면서 내게 다시 차를 권했다. 자신을 '보월'이라고 소개했다. 그러고는 알 듯 말 듯 한 말을 했다.

"세상의 모든 인연은, 잡을 수도 없고 잡히지도 않습니다. 인연이 스쳐 지나가는 것이 내 마음에서 더할 수 없이 자유로울 때 비로소 고통에서 놓여나게 됩니다."

스님들 특유의 선문답을 던지신 거라 생각했다. 설마, 그는 알 리 없다. 내가 왜 이렇게 늦은 시간에 그것도 하필이면 송광사로 뛰어들다시피 찾아왔는지. 나도 답으로 그저 웃었다. 차가 식었고 식은 차는 내 목구멍 안쪽으로 단번에 사라졌다.

암자를 나와 스님 한 분이 안내해 준 요사채로 가서 짐을 풀었다. 3박 4일을 말 그래도 처박혀 있었다. 새벽 3시 예불에만 참석했고 이후엔 아무것도 하지 않고 방에 틀어박혔다. 점심 공양을 마치고 저녁 예불 들어가기 전에는 스님들이 벌고

치는 걸 구경했다. 그 광경은 어떤 의식을 치르듯 매우 장엄했는데 매일 봐도 질리지 않을 것 같았다. 저녁 예불 후 공양까지 마치고 나면 요사채로 돌아와 역시 아무것도 하지 않은 채 벽만 바라보았다. 거의 종일 방에만 있었다.

가끔 보월 스님이 차를 마시러 오라며 불렀다. 한 시간 가까이 이런저런 얘기를 나누고 요사채로 돌아왔다. 만날 때마다 스님의 대화 마지막 주제는 '인연'이었다. 집착하지 말라고 했다. 모든 인연은 흩어지기 위해 다가온 것이라면서. 스님은 뭘 알고 있던 건가, 아니면 느끼고 있던 걸까. 그럴 리는 없다고 중얼거렸다.

마지막 날 저녁, 공양을 마친 나를 스님이 부르셨다. 스님은 똑같이 차를 우리고, 우린 차를 찻잔에 따라 주셨다. 이번에도 나는 김이 올라오는 차를 불지도 않고 마셨다. 내일 떠난다고 하자 스님이 고개를 들어 나를 봤다.

"잠시지만 머무는 동안 고요함은 얻으셨습니까."

무슨 영문인지 몰라 머뭇거리자 스님이 말씀하셨다.

"사람을 잃어버리고 온 게 아닙니까?"

찻잔을 든 내 손이 아래로 떨어졌다.

"처음 문을 열고 들어올 때 실연(失戀)으로 곧 죽으려는 사람처럼 보였습니다."

"전 결혼한 사람입니다."

"아, 그건 몰랐습니다."

"아이도 둘입니다."

스님은 잠시 말이 없었다. 굳이 아이까지 있다는 말은 왜 했던가. 아무 말 없이 찻잔을 다시 들었다.

"결혼 안 한 분인 줄 알았습니다. 상실의 그림자가 커서."

차는 그새 식어 있었다.

"이제까지 많은 차를 마주하게 해 주셔서 고맙습니다."

내 인사에 스님은 뜬금없이 말씀하셨다.

"생명은 소중합니다."

그때 나는 죽으러 송광사를 찾아간 것이 아니었다. 살고 싶어서 달려갔다. 처음으로 고개를 들었다. 의혹 어린 내 눈을 보면서 스님이 말씀하셨다.

"모든 생명은 소중합니다. 미물이든 아니든, 혹여 자기 자신의 목숨이든 말입니다."

이제 답을 할 차례였다.

"다음에 다시 찾아뵙겠습니다. 그때 여전히 머물고 계실는지요."

"만나면 헤어지고 헤어지면 만나게 되는 것이 인연입니다. 구태여 찾으려 하지 마십시오."

"알겠습니다. 인연이 닿으면 또 뵙겠지요."

암자를 나서며 알았다. 스님은 오해를 했다. 나를 실연 때문에 금방이라도 죽을 것 같은, 결혼하지 않은 젊은 처자로. 그러나 그 오해는 역설적으로 진실에 닿아 있었다. 그가 죽기 전 마지막으로 찾은 곳이 송광사였다. 그리고 오래전의 상실이 나를 송광사로 이끌었다. 남들은 그해의 첫 벚꽃을 보려 찾는 남녘땅이었다.

마지막 새벽 예불 시간. 차가운 법당 마룻바닥에 무릎 꿇고 앉아 《반야심경》을 독송하는데 갑자기 울음이 터져 나왔다. 한번 터진 울음은 그칠 줄 몰랐다. 눈물과 콧물로 뒤범벅되니 얼굴이 따끔거렸다. 울면서 묻고 또 물었다. 왜, 왜, 도대체 왜.

오래전 그는 죽음을 향해 스스로 걸어 들어갔다. 왜, 왜, 도대체 왜. 그러나 그는 여전히 말이 없다. 답을 들을 수 없으니, 겨우 이어 붙여 놓았던 심장이 또다시 산산조각이 났다. 그 순간 너무 아파서 가슴을 마구 쳤다. 그러면서야 알았다. 모든 생명이 소중하다는 스님 말씀이 무슨 의미였는지를.

그의 죽음 이후 나는 내 생명을 조금씩 갉아 내서 지옥 불길에 던져 넣고 있었다. 생명은 소중했다. 미물이든 아니든 혹은 자기 자신의 생명이든 간에.

절에서 나와 도로로 접어들었다. 길 양쪽의 벚나무들에선 벚꽃이 만개해 있었다. 마치 길을 사이에 두고 꽃 터널을 만들어 놓은 듯했다. 지금까지도 그렇게 아름다운 벚꽃을 본 적이 없다. 살아 있었지만 늘 죽음에 닿아 있던 내 의식을 처음으로 삶의 한복판에 가져다 놓은 순간이었다. 나는 온전히 벚꽃만 바라보았다. 그때 생애 처음으로 다음 해 벚꽃이 피는 순간까지 살아 있고 싶다고 생각했다.

지인에게서 얻어 온 보이차를 끓이는데 문득 송광사가 떠올랐다. 보월 스님은 지금 무엇을 하고 계실까 생각하다 '인연은 구태여 맺으려 하지 말라'던 말씀이 떠올라 궁금해하지 않기로 했다. '인연이 닿으면 또 뵙겠지요'라고 인사를 드렸으니, 스님 역시 그 어느 곳이든 인연이 닿는 곳에 머무르시겠지.

이런저런 생각에 빠져 있는데, 코코가 다가와 내 발에 촉촉한 코를 부비며 운다. 애처롭다. 무릇 숨결 붙어 있는 모든 것이 애잔하다. 나의 숨결까지 포함해서.

'존버' 정신

교통사고가 났습니다. 심하게요.

그러니까 오후 1시경이지요. 출장 가던 길이었어요. 모 대학교, 호텔 두 곳에서 열리는 대입 설명회 진행 요원으로 가는 날이었습니다. 우리 학교의 다른 선생님들도 설명회에 가시기로 해서 저를 포함해 다섯 명이 제 차로 이동하게 되었지요.

급하게 점심을 먹고 차에 올라탔습니다. 늘 그렇듯이 오후에 출장을 가려면 그날 하루는 넋이 반쯤은 나간 상태가 됩니다. 수업을 전부 당겨서 해치우는 등 처리할 일이 많으니까요. 소화는커녕 방금 먹은 밥알이 채 내려가기도 전에 서둘러 출발했습니다. 교문을 나와 도로변을 따라 한 5백 미터 이동하면 나오는 첫 번째 신호등 앞이었습니다. 좌회전 신호를 받으려고 대기 중이었는데, 어딘가에서 "끼이이이이이이이이이이익~" 정말이지 한도 끝도 없이 급브레이크 밟는 소리가 들려왔습니다. 이게 무슨 소리야? 백미러로도 보이지 않는 정체가 질러 대는 소리에 일행은 모두 어리둥절해했습니다.

그 순간이었습니다. "쾅" 하고 폭발음이 들리면서 뒤쪽으로부터 무시무시한 충격이 가해졌습니다. 어, 어, 어 할 새도 없이 우리가 타고 있는 차가 커다란 원을 그리며 빙글빙글 돌기 시작했습니다. 동그라미 한 바퀴, 다시 큰 원으로 한 바퀴, 두 바퀴 그리고 또.

참, 이상합니다. 분명 극히 짧은 시간이었을 겁니다. 차가 여러 바퀴 돌았다고는 하지만 엄청 빠르게 팽글팽글 돌아 아무리 길게 잡아도 몇 분에 불과했을 겁니다. 그런데 그 찰나의 일들이 마치 슬로우 비디오처럼 아주 느리게 돌아가는 겁니다. 반면 생각은 번개가 치듯이 빠른 속도로 휙휙 흘러갔습니다.

'브레이크를 밟아야 하는 거 아닌가, 아니 브레이크 밟으면 오히려 차가 튕겨져 나가려나, 핸들을 차가 돌고 있는 반대 방향으로 돌려 볼까, 그런데 뒤에서 들이받았는데 뒤에 앉아 계신 샘들은 괜찮은 건가, 내 차에 타서 사고가 나다니, 정말 미안한 상황이지 뭐야, 그냥 전철로 이동하겠다고 할걸 그랬어. 잠깐, 아까 받은 충격으로 블랙박스 날아간 거 아냐? 만약 경찰이나 보험회사에서 와서 사고 처리를 하려고 할 때 블랙박스에 안 찍혔으면 어떻게 되는 거지? 거기다가 뒤 트렁크에 실은 내 노트북, 그거 없으면 모든 기록과 자료가 날아가는데, 그러면 당장 처리해야 할 학교 업무에 지장이 올 텐데, 아아 뒤 트렁크는 무사한가.

다음 주부터 중간고사 시작인데 우리 반 애들은 어쩌지, 말하지 않아도 책상을 시험 대형으로 맞춰 놓을 수 있을까, 이번 시험은 치르는 과목들이 좀 복잡할 거 같은데 애들만 놔두면 안 될 텐데, 고 3이래도 컴퓨터 사인펜 안 가져와서 아침부터 헤매는 녀석들 서넛은 되는데, 안 가져왔다고 아예 답지를 백지로 내면 어쩌지, 뭐라도 적으라고 닦달을 해야 그나마 한 줄로 찍기라도 할 텐데. 이번 일로 행여 부담임 샘께 부탁하게 되면 그건 또 무슨 미안함이람.

출장 가는 분들은 그냥 안 가면 되겠지만 행사 진행 요원으로 가는 나는 늦기 전에 진행하는 장학관에게 연락해야 하는 거 아닌가. 누가 나 대신 그쪽으로 연락해 줄 사람 없을까. 그런데 일행들은 모두 다쳐서 연락해 줄 사람도 없을 텐데. 연구사님들은 연락도 없이 안 온다고 답답해하실 거 같은데. 아, 이제 오른손이 움직이지 않아. 목을 돌려 핸드폰을 보려고 해도 목이 돌아가지를 않아.

설마 이 사고가 내 죽음으로 이어지는 건 아니겠지, 혹시 해서 평소 딸에게는 이제까지 기록해 놓은 내 모든 자료와 글은 꺼내지도 말고 절대 읽지도 말고 폐기 처분하라고 미리 일러두기는 했는데, 어디 있는지까지는 말해 주지 않았네. 은행 융자 빼고 개인적으로 빚진 건 없지만 개인적으로 빌려 주고 못 받은 돈은 꽤 있는데, 그건 나만 알고 있는데, 영원히 못 받겠군. 예금과 적금, 그리고 현금화해야 할 물건들은 미리 가계부 뒤쪽에 기록해 놓았으니 딸내미가 알아서 할 거야, 그나마 그건 다행이군.'

참, 이상합니다. 그 찰나에 지나온 삶을 마무리하는 생각들이 영화 〈마션〉에서 화성으로 쏘아 올린 아레스 3호 같은 속도로 스쳐 지나갔습니다. 그렇게나 많은 생각이, 기억이, 느낌들이 그 찰나의 순간에 지나갈 수 있다는 사실이 신기했습니다. 맞아요, 언젠가 읽은 적이 있어요. '죽음'이 바로 눈앞으로 다가온 순간, 자신의 전 생애가 파노라마처럼 스쳐 지나간다는 말을요. 책에 잠겨 있던, 낱낱의 글자로만 떠돌아다니던 것이 현실로 나타난 겁니다.

미친 듯이 회전하던 차가 다리 난간 바로 앞에서 겨우 멈췄습니다. 다른 차들이 달려오다 성마르게 급브레이크를 밟으며 머리를 틀면서 멈췄습니다. 어떤 차는 빙글빙글 돌다가 제 차의 고작 2, 30센티미터 앞에서 고무 타는 냄새를 풍기며 섰습니다. 신호가 빨간색으로 대기 상태였기 망정이지 만약 파란불로 주행 상태였다면 뒤에서 달려오던 차들로 인해 2차 사고로까지 이어졌을 겁니다.

사고 난 지 5분, 10분이 지나도 상대 운전자는 차 밖으로 나올 기미를 안 보였습니다. 죽은 건가? 사고 당시 충격으로 조수석 아래로 곤두박질쳐 있는 핸드폰을 들어 덜덜 떨리는 손가락으로 1, 1, 2를 눌렀습니다. 목은 돌아가지 않고 섣불리 방향을 틀 수도 없을 만큼 통증이 심했습니다. 신호가 가고 누군가의 목소리가 흘러나올 때까지 시간은 느리고 또 느리게 흘러갔습니다. 주위는 마치 부슬비 내리는 날의 시골 풍경이라도 보여 줄 것처럼 조용하고 고즈넉했습니다. 사고만 아니라면 누군가 흩날리는 빗줄기를 감상하면서 따듯한 커피 한잔 마시려고 잠시 차를 세웠다고 해도 믿을 만한 광경이었습니다.

경찰에 신고를 마치고 나자 상대 차의 문이 열리더니 드디어 운전자가 모습을 드러냈습니다. 그는 몸에 딱 붙는 민소매, 일명 쫄티를 입고 있었습니다. 근육이 제법 발달한 것도 있지만 기본적으로 체격이 상당한 남자였습니다. 인상적인 것은 목에서부터 드러나는 문신이었습니다. 그 문신은 바늘 하나 꽂을 틈도 없이 강렬하게 요동치고 있었습니다. 통증으로 제대로 돌아가지도 않는 목을 애써 돌려 쳐다보니 강렬하게 요동치는 무늬들이 이루고 있는 형상은 바로 용(龍)이었습니다. 목, 팔뚝 그리고 그 아래 손목으로까지 이어진, 푸르고 노랗고 붉은 무늬들이 제각각의 색을 뿜어내고 있었습니다. 잘하면 지금이라도 승천할 기세였습니다.

그 남자가 우리 쪽으로 걸어오는 잠깐 동안 마약 공급책 혹은 마약 공급 조직의 중간 행동대장 같은 별의별 단어를 다 떠올렸습니다. 그러나 나중에 경찰 말을 들으니 그런 것과는 상관없는 사람이라고 하더군요. 아무튼 그가 우리 쪽으로 와서 괜찮냐고 묻는데, 저는 버벅댔습니다. 무서워서요.

다음은 통상적인 수순을 따랐습니다. 경찰차가 두 대 정도 오고, 구급차가 달려와 구급대원들이 내립니다. 상처가 경미한 사람과 좀 심한 사람을 구분해서 구급차에 태웁니다. 전 이미 목이 돌아가지 않는 상태여서 이동용 들것에 실렸습니다.

출발할 때는 병아리 오줌처럼 한두 방울 찔끔거리던 빗방울이 그 시점에서는 주룩주룩 내리기 시작합니다. 참으로 은혜로운 하늘입니다. 이렇게 구색 맞춰 비까지 내려 주시다니. 하늘의 은혜 덕분에 빗줄기를 고스란히 맞으며 저는 구급차에 실렸고, 구급차에서 응급실로 옮겨질 때 또 한 번 얼굴을 따갑게 때리는 빗줄기를 느낄 수 있었습니다.

목을 고정시킨 덧대 때문에 응급실 천장만 바라보고 있자니 사고 당시의 장면들이 찍어 놓은 사진처럼 다시 생생하게 떠올랐습니다. 다시 한번 생각하게 됩니다. 죽음의 순간이 오면 아마도 사고 때처럼 수없이 많은 기억과 생각, 상념이 한꺼번에 덮쳐 오리라는 것을요. 파노라마를 펼쳐 보듯이 지나온 삶을 전부 다 훑으면서 죽어 갈 것 같습니다.

맑은 링거액이 톡톡 떨어지는 걸 보며 결심합니다. 그래요, 앞으로는 중간중간 정리를 하며 살겠습니다. 기록도, 자료도, 사진도, 물건도 전부 말입니다. 최소한의 것만 지니고 살다가 어느 날 불쑥 죽음의 사자가 찾아오면 한평생 산 것만으로 기쁘고 감사하다며 그를 맞이할 수 있기를 기도합니다. 그러자면 지구를 떠나는 것에 미련이 안 남도록 소유물을 줄여야겠습니다. 죽음의 사자를 제대로 반길 수 있게 시시때때로 버리고 정리해야겠다고 다짐하는 밤이었습니다.

그리고…… 그날까지 '존버'해야겠습니다. 어느 시인이 '존버(존나게 버티자)' 정신을 말했습니다. 버티자고요, 어떻게든 버티는 것이 지구에 잠시 머물다 가는 찰나의 삶 속에서 우리네 같은 장삼이사들이 성취할 수 있는 유일한 덕목이라고요. 중국에는 다음과 같은 이야기가 있다고 합니다.

네가 싫어하는 사람을 보며

엿먹이려고 부들부들하지 말고,

애면글면하지도 말고

강가에서 신선한 바람과 따뜻한 햇살을 즐기며

낚시질을 하거나 콧노래를 부르고 있어라.

그럼 그 원수 같은 놈이

죽어서 둥둥 떠내려오는 것을 보게 될 것이다.

"원수 같은 놈이 죽어서 (강물에) 둥둥 떠내려오는" 걸 볼 수 있으려면 존버해야 하는데, 존버, 그것 참 어려운 일입니다. 어쩐지 전 자신이 없군요.

CT 촬영과 엑스레이 촬영 결과, 오른쪽 손목에 실금이 간 것 말고는 괜찮다는 진단을 받았습니다. 뇌에도 이상이 없고요. 다만 사고 당시 충격 때문에 목과 어깨, 등 전체가 쑤시고, 오른쪽 세 손가락의 통증도 심해 노트북 자판을 치기가 좀 힘듭니다.

왼손만 쓰니 이 짧은 글 하나 쓰는데도 꼬박 서너 시간이 걸리네요. 생각은 총알처럼 날아다니는데 손가락이 버벅대니, 그 불균형에 짜증이 나다가 문득, 몸이 불편한 분들 생각이 나서 숙연해졌습니다. 세상만사 무엇이든 감사할지어다.

오늘의 인생 날씨, 차차 맑음

초판 1쇄 발행　2020년 4월 25일

지은이　이의진

펴낸곳　(주)행성비
펴낸이　임태주

책임편집　여미숙
디자인　디자인 스튜디오 [서 - 랍]

출판등록번호　제313-2010-208호
주소　경기도 파주시 문발로 119 모퉁이돌 303호
대표전화　031-8071-5913
팩스　031-8071-5917
이메일　hangseongb@naver.com
홈페이지　www.planetb.co.kr

ISBN 979-11-6471-096-6 (03810)

※ 값은 뒤표지에 있습니다. 잘못 만들어진 책은 구입하신 서점에서 교환해 드립니다.
※ 이 도서의 국립중앙도서관 출판예정도서목록(CIP)은 서지정보유통지원시스템 홈페이지(http://seoji.nl.go.kr)와 국가자료공동목록시스템(http://www.nl.go.kr/kolisnet)에서 이용하실 수 있습니다.(CIP제어번호: CIP2020012799)

행성B는 독자 여러분의 참신한 기획 아이디어와 독창적인 원고를 기다리고 있습니다.
hangseongb@naver.com으로 보내 주시면 소중하게 검토하겠습니다.